我的读书方法

跟大师来读书

老舍 著

天津出版传媒集团

天津人民出版社

图书在版编目（CIP）数据

跟大师来读书．我的读书方法 / 老舍著．－－ 天津：
天津人民出版社，2021.4
ISBN 978-7-201-17116-6

Ⅰ．①跟… Ⅱ．①老… Ⅲ．①散文集－中国－现代
Ⅳ．①I26

中国版本图书馆CIP数据核字(2020)第272163号

跟大师来读书：我的读书方法
GEN DASHI LAI DUSHU：WO DE DUSHU FANGFA
老舍　著

出　　版	天津人民出版社	
出 版 人	刘　庆	
地　　址	天津市和平区西康路35号康岳大厦	
邮政编码	300051	
邮购电话	（022）23332469	
电子邮箱	reader@tjrmcbs.com	
责任编辑	王昊静	
策划编辑	李　根	
装帧设计	三形三色	
印　　刷	河北照利印刷有限公司	
经　　销	新华书店	
开　　本	880毫米×1230毫米　　1/32	
印　　张	8	
字　　数	140千字	
版次印次	2021年4月第1版　　2021年4月第1次印刷	
定　　价	42.00 元	

出版说明

　　随着我国经济和文化的不断发展，人们物质和精神需求的日益提升，越来越希望对自己国家的文化有一个全面、深入的了解。

　　而老舍先生被誉为语言大师，他的文章独具特色，通俗易懂，且幽默诙谐，耐人寻味，从形式到内容都雅俗共赏。基于此，编者精选了老舍的多篇文章，编辑出版《跟大师来读书：我的读书方法》一书。

　　为了方便广大读者朋友阅读，此次出版为精简版，并采取以旧录旧的方式。由于不同时代的语言习惯不同，作者也有自己的文字风格，若不影响阅读，内容则不予修改。对于一些作者笔误、排印错误等，则予以修改。

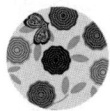

目　录

第一辑　我的读书方法

第二辑　别怕动笔

第三辑　先学习语文

第 一 辑
我的读书方法

　　光翻动了书页，而没吸收到应得的营养，好似把好食品用凉水冲下去，没有细细咀嚼。因此，有人问我读过某部好书没有，我虽读过，也不敢点头，怕人家追问下去，无辞以答。这是个毛病，应当矫正！丢脸倒是小事，白费了时光实在可惜！

读书

若是学者才准念书，我就什么也不要说了。大概书不是专为学者预备的；那么，我可要多嘴了。

从我一生下来直到如今，没人盼望我成个学者；我永远喜欢服从多数人的意见。可是我爱念书。

书的种类很多，能和我有交情的可很少。我有决定念什么的全权；自幼儿我就会逃学，愣挨板子也不肯说我爱《三字经》和《百家姓》。对，《三字经》便可以代表一类——这类书，据我看，顶好在判了无期徒刑以后去念，反正活着也没多大味儿。这类书可真不少，不知道为什么；也许是犯无期徒刑罪的太多；要不然便是太少——我自己就常想杀些写这类书的人。我可是还没杀过一个，一来是因为——我才明白过来——写这样书的人敢情有好些已经死了，比如写《尚书》的那位李二哥。二来是因为现在还有些人专爱念这类书，我不便得罪人太多了。顶好，我看是不管别人；我不爱念的就不动好了。好在，我爸爸没希望我成个学者。

第二类书也与咱无缘：书上满是公式，没有一个"然而"和"所以"。据说，这类书里藏着打开宇宙秘密的小金钥匙。我倒久想明白点真理，如地是圆的之类；可是这种书别扭，它老瞪着我。书不老老实实的当本书，瞪人干吗呀？我不能受这个气！有一回，一位朋友给我一本《相对论原理》，他说：明白这个就什么都明白了。我下了决心去念这本宝贝书。读了两个"配纸"，我遇上了一个公式。我跟它"相对"了两点多钟！往后边一看，公式还多了去啦！我知道和它们"相对"下去，它们也许不在乎，我还活着不呢？

可是我对这类书，老有点敬意。这类书和第一类有些不同，我看得出。第一类书不是没法懂，而是懂了以后使我更糊涂。以我现在的理解力——比上我七岁的时候，我现在满可以做圣人了——我能明白"人之初，性本善"。明白完了，紧跟着就糊涂了；昨儿个晚上，我还挨了小女儿——玫瑰唇的小天使——一个嘴巴。我知道这个小天使性本不善，她才两岁。第二类书根本就看不懂,可是人家的纸上没印着一句废话;懂不懂的,人家不闹玄虚,它瞪我,或者我是该瞪。我的心这么一软,便把它好好放在书架上;好打好散,别太伤了和气。

这要说到第三类书了。其实这不该算一类;就这么算吧,顺嘴。这类书是这样的:名气挺大,念过的人总不肯说它坏,没念过的人老怪害羞地说将要念。譬如说《元曲》,太炎"先生"的文章,罗马的悲剧,辛克莱的小说,《大公报》——不知是哪儿出版的一本书——都算在这类里,这些书我也都拿起来过,随手便又放下了。这里还就属那本《大公报》有点劲。我不害羞,永远不说将要念。好些书的广告与威风是很大的,我只能承认那些广告做得不错,谁管它威风不威风呢。

"类"还多着呢,不便再说;有上面的三项也就足以证明我怎样的不高明了。该说读的方法。

怎样读书,在这里,是个自决的问题;我说我的,没勉强谁跟我学。第一,我读书没系统。借着什么,买着什么,遇着什么,就读什么。不懂的放下,使我糊涂的放下,没趣味的放下,不客气。我不能叫书管着我。

第二,读得很快,而不记住。书要都叫我记住,还要书干吗?书应该记住自己。对我,最讨厌的发问是:"那个典故是哪儿的呢？""那句书是怎么来着？"我永不回答这样的考问，即使我记得。我又不是印刷器养的，管你这一套！

读得快，因为我有时候跳过几页去。不合我的意，我就练习跳远。书要是不服气的话，来跳我呀！看侦探小说的时候，我先看最后的几页，省事。

第三，读完一本书，没有批评，谁也不告诉。一告诉就糟："嘿，你读《啼笑因缘》？"要大家都不读《啼笑因缘》，人家写它干吗呢？一批评就糟："尊家这点意见？"我不惹气。读完一本书再打通儿架，不上算。我有我的爱与不爱，存在我自己心里。我爱念什么就念，有什么心得我自己知道，这是种享受，虽然显得自私一点。

再说呢，我读书似乎只要求一点灵感。"印象甚佳"便是好书，我没工夫去细细分析它，所以根本便不能批评。"印象甚佳"有时候并不是全书的，而是书中的一段最入我的味；因为这一段使我对这全书有了好感；其实这一段的美或者正足以破坏了全体的美，但是我不去管；有一段叫我喜欢两天的，我就感谢不尽。因此，设若我真去批评，大概是高明不了。

第四，我不读自己的书，不愿谈论自己的书。"儿子是自己的好"，我还不晓得，因为自己还没有过儿子。有个小女儿，女儿能不能代表儿子，就不得而知。"老婆是别人的好"，我也不敢加以拥护，特别是在家里。但是我准知道，书是别人的好。别人的书自然未必都好，可是至少给我一点我不知道的东西。自己的，一提都头疼！自己的书，和自己的运气，好像永远是一对儿累赘。

第五，哼，算了吧。

（原载一九三四年十二月《太白》第一卷第七期）

谈读书

我有个很大的毛病：读书不求甚解。

从前看过的书，十之八九都不记得；我每每归过于记忆力不强，其实是因为阅读时马马虎虎，自然随看随忘。这叫我吃了亏——光翻动了书页，而没吸收到应得的营养，好似把好食品用凉水冲下去，没有细细咀嚼。因此，有人问我读过某部好书没有，我虽读过，也不敢点头，怕人家追问下去，无辞以答。这是个毛病，应当矫正！丢脸倒是小事，白费了时光实在可惜！

矫正之法有二：一曰随读随做笔记。这不仅大有助于记忆，而且是自己考试自己，看看到底有何心得。我曾这么办过，确有好处。不管自己的了解正确与否，意见成熟与否，反正写过笔记必得到较深的印象。及至日子长了，读书多了，再翻翻旧笔记看一看，就能发现昔非而今是，看法不同，有了进步。可惜，我没有坚持下去，所以有许多读过的著作都忘得一干二净。既然忘掉，当然说不上什么心得与收获，浪费了时间！

第二个办法是：读了一本文艺作品，或同一作家的几本作品，最好找些有关于这些作品的研究、评论等著述来读。也应读一读这个作家的传记。这实在有好处。这会使我们把文艺作品和文艺理论结合起来，把作品与作家结合起来，引起研究兴趣，尽管我们并不想做专家。有了这点兴趣，用不着说，会使我们对那些作品与那个作家得到更深刻的了解，吸取更多的营养。孤立地读一本作品，我们多半是凭个人的喜恶去评断，自己所喜则捧入云霄，自己所恶则弃如粪土。事实上，这未必正确。及至读了有关这本作品的一些著述，我们就会发现自己的错误。这并不是说我们应该采取人云亦云的态度，不便自作主张。不是的。这是说，我们看了别人的意见，会重新去想一想。这么再想一想便大有好处。至少它会使我们不完全凭感情去判断，减少了偏见。去掉偏见，我们才能够吸取营养，扔掉糟粕——个人感情上所喜爱的那些未必不正是糟粕。

在我年轻的时候，我极喜读英国大小说家狄更斯的作品，爱不释手。我初习写作，也有些效仿他。他的伟大究竟在哪里？我不知道。我只学来些耍字眼儿，故意逗笑等等"窍门"，扬扬得意。后来，读了些狄更斯研究之类的著作，我才晓得原来我所摹拟的正是那个大作家的短处。他之所以不朽并不在乎他会故意逗笑——假若他能够控制自己，减少些绕着弯子逗笑儿，他会更伟大！特别使我高兴的是近几年来看到些以马克思主义文艺观点写成的评论。这些评论是以科学的分析方法把狄更斯和别的名家安放在文学史中最合适的地位，既说明他们的所以伟大，也指出他们的局限与缺点。他们仍然是些了不起的巨人，但不再是完美无缺的神像。这使我不再迷信，多么好啊！是的，有关于大作家的著作有很多，我们读不过来，其中某些旧作读了也不见得有好处。读那些新的吧。

真的，假若（还暂以狄更斯为例）我们选读了他的两三本代表作，又去读一本或两本他的传记，又去读几篇近年来发表的对他的评论，我们对于他一定会得到些正确的了解，从而取精去粗地吸收营养。这样，我们的学习便较比深入、细致，逐渐丰富我们的文学修养。这当然需要时间，可是细嚼烂咽总比囫囵吞枣强得多。

此外，我想因地制宜，各处都成立几个人的读书小组，约定时间举行座谈，交换意见，必有好处。我们必须多读书，可是工作又很忙，不易博览群书。假若有读书小组呢，就可以各将所得，告诉别人；或同读一书，各抒己见；或一人读《红楼梦》，另一人读《曹雪芹传》，另一人读《红楼梦研究》，而后座谈，献宝取经。我想这该是个不错的方法，何妨试试呢？

我怎样学习语言

二十多年前，我开始学习用白话写文章的时候，我犯了两个错：

一、以前用惯了文言，乍一用白话，我就像小孩子刚得到一件新玩艺儿那样，拼命地玩耍。那时候，我以为只要把白话中的俏皮话儿凑在一处，就可以成为好文章，并不考虑那些俏皮话儿到底有什么作用，也不管它们是否被放在最合适的地方。

我想，在刚刚学习写作的人们里，可能有不少人也会犯我所犯过的毛病。在这儿谈一谈，也许是有好处的。

经过一个相当长的期间，我才慢慢明白过来，原来语言的运用是要看事行事的。我们用什么话语，是决定于我们写什么的。比方说：我们今天要写一篇什么报告，我们就须用简单的，明确的，清楚的语言，不慌不忙，有条有理的去写。光说俏皮话，不会写成一篇好报告。反之，我们要写一篇小说，我们就该当用更活泼，更带情感的语言了。假若我们是写小说或剧本中的对话，我们的语言便决定于描写的那一个人。我们的人物们有不同的性格，职业，文化水平等等，那么，他们的话语必定不能像由作家包办的，都用一个口气，一个调调儿说出来。作家必须先胸有成竹的知道了人物的一切，而后设身处地地写出人物的话语来。一个作家实在就是个全能的演员，能用一支笔写出王二、张三与李四的语言，而且都写得恰如其人。对话就是人物的性格等等的自我介绍。

在小说中，除了对话，还有描写，叙述等等。这些，也要用适当的语言去配备，而不应信口开河的说下去。一篇作品须有个情调。情调是悲哀的，或是激壮的，我们的语言就须恰好足以配备这悲哀或激壮。比如说，我们若要传达悲情，我们就须选择些色彩不太强烈的字，声音不太响亮的字，造成稍长的句子，使大家读了，因语调的缓慢，文字的暗淡而感到悲哀。反之，我们若要传达慷慨激昂的情感，我们就须用明快强烈的语言。语言像一大堆砖瓦，必须由我们把它们细心地排列组织起来，才能成为一堵墙，或一间屋子。语言不可随便抓来就用上，而是经过我们的组织，使它能与思想感情发生骨肉相连的关系。

二、现在说我曾犯过的第二个错处。这个错恰好和第一个相反。第一个错，如上文所交代的，是撒开巴掌利用白话，而不知如何组织与如何控制。第二个错是赶到弄不转白话的时候，我就求救于文言。在二十多年前，我不单这样做了，而且给自己找出个道理来。我说：这样做，为是提高白话。好几年后，我才放弃了这个主张，因为我慢慢地明白过来：我的责任是用白话写出文艺作品，假若文言与白话掺夹在一道，忽而文，忽而白，便是我没有尽到责任。是的，有时候在白话中去找和文言中相同的字或词，是相当困难的；可是，这困难，只要不怕麻烦，并不是不能克服的。为白话服务，我们不应当怕麻烦。有了这个认识，我才尽力的避免借用文言，而积极的去运用白话。有时候，我找不到恰好相等于文言的白话，我就换一个说法，设法把事情说明白了。这样还不行，我才不得已地用一句文言——可是，在最近几年中，这个办法，在我的文字里，是越来越少了。这就是不单我的剧本和小说可以朗读，连我的报告性质的文字也都可以念出来就能被听懂的原因。

在最近的几年中，我也留神少用专名词。专名词是应该用的。可是，假若我能不用它，而还能够把事情说明白了，我就决定不用它。我是这么想：有些个专名词的含义是还不容易被广大群众完全了解的；那么，我若用了它们，而使大家只听见看见它们的声音与形象，并不明白到底它们是什么意思，岂不就耽误了事？那就不如避免它们，而另用几句普通话，人人能懂的话，说明白了事体。而且，想要这样说明事体，就必须用浅显的，生动的话，说起来自然亲切有味，使人爱听；这就增加了文艺的说服力量。有一次，我到一个中学里作报告。报告完了，学校一位先生对学生们说："他所讲的，我已经都给你们讲过了。可是，他比我讲得更透彻，更亲切，因为我给你们讲过一套文艺的术语与名词，而他却只说大白话——把术语与名词里的含蕴都很清楚地解释了的大白话！他给你们解决了许多问题，我呢，惭愧，却没能做到这样！"是的，在最近几年中，我无论是写什么，我总希望能够充分地信赖大白话；即使是去说明较比高深一点的道理，我也不接二连三地用术语与名词。名词是死的，话是活的；用活的语言说明了道理，是比死名词的堆砌更多一些文艺性的。况且，要用普通话语代替了专名词，同时还能说出专名词的含义，就必须费许多心思，去想如何把普通话调动得和专名词一样的有用，而且比专名词更活泼，亲切。这么一来，可就把运用白话的本事提高了一步，慢慢地就会明白了什么叫作"深入浅出"——用顶通俗的话语去说很深的道理。

　　现在，我说一说，我怎样发现了自己的错，和怎样慢慢地去矫正它们。还是让我分条来说吧：一、从读文艺名著，我明白了一些运用语言的原则。头一个是：凡是有名的小说或剧本，其中的语言都是源源本本的，像清鲜的流水似的，一句连着一句，一节跟着一节，没有随便乱扯的地方。这就告诉了我：文艺作品的结构穿插是有机的，像一个美好的生物似的；思想借着语言的表达力量就像血脉似的，贯串到这活东西的全体。因此，当一个作家运用语言的时候，必定非常用心，不使这里多一块，那里缺一块，而是好像用语言画出一幅匀整调谐，处处长短相宜，远近合适的美丽的画儿。这教我学会了：语言须服从作品的结构穿插，而不能乌烟瘴气地乱写。这也使我知道了删改自己的文字是多么要紧的事。我们写作，最容易犯的毛病是写得太多。谁也不能既写得多，而又句句妥当。所以，写完了一篇必须删改。不要溺爱自己的文字！说得多而冗一定不如说得少而精。一个写家的本领就在于能把思想感情和语言结合起来，而后很精炼地说出来。我们须狠心地删，不厌烦地改！改了再改，毫不留情！对自己宽大便是对读者不负责。字要改，句要改，连标点都要改。

　　阅读文艺名著，也教我明白了：世界上最好的著作差不多也就是文字清浅简练的著作。初学写作的人，往往以为用上许多形容词，新名词，典故，才能成为好文章。其实，真正的好文章是不随便用，甚至于干脆不用形容词和典故的。用些陈腐的形容词和典故是最易流于庸俗的。我们要自己去深思，不要借用、偷用、滥用一个词汇。真正美丽的人是不多施脂粉，不乱穿衣服的。明白了这个道理以后，我不单不轻易用形容词，就是"然而"与"所以"什么的也能少用就少用，为是教文字结实有力。

二、为练习运用语言，我不断地学习各种文艺形式的写法。我写小说，也写剧本与快板。我不能把它们都写得很好，但是每一形式都给了我练习怎样运用语言的机会。一种形式有一种形式的语言，像话剧是以对话为主，快板是顺口溜的韵文等等。经过阅读别人的作品，和自己的练习，剧本就教给了我怎样写对话，快板教给我怎样运用口语，写成合辙押韵的通俗的诗。这样知道了不同的技巧，就增加了运用语言的知识与功力。我们写散文，最不容易把句子写得紧凑，总嫌拖泥带水。这，最好是去练习练习通俗韵文，因为通俗韵文的句子有一定的长短，句中有一定的音节，非花费许多时间不能写成个样子。这些时间，可是，并不白费；它会使我们明白如何翻过来掉过去地排列文字，调换文字。有了这番经验，再去写散文，我们就知道了怎么选字炼句，和一句话怎么能有许多的说法。还有：通俗韵文既要通俗，又是韵文，有时候句子里就不能硬放上专名词，以免破坏了通俗；也不能随便用很长的名词，以免破坏了韵文的音节。因此，我们就须躲开专名词与长的名词——像美国帝国主义等——而设法把它们的意思说出来。这是很有益处的。这教给我们怎样不倚赖专名词，而还能把话说明白了。作宣传的文字，似乎须有这点本领；否则满口名词，话既不活，效力就小。思想抓得紧，而话要说得活泼亲切，才是好的宣传文字。

三、这一项虽列在最后，但却是最要紧的。我们须从生活中学习语言。很显然的，假若我要描写农人，我们就须下乡。这并不是说，到了乡村，我只去记几句农民们爱说的话。那是没有多少用处的。我的首要的任务，是去看农人的生活。没有生活，就没有语言。

有人这样问过我："我住在北京，你也住在北京，你能巧妙的运用了北京话，我怎么不行呢？"我的回答是：我能描写大杂院，因为我住过大杂院。我能描写洋车夫，因为我有许多朋友是以拉车为生的。我知道他们怎么活着，所以我会写出他们的语言。北京的一位车夫，也跟别的北京人一样，说着普通的北京话，像"您喝茶啦？""您上哪儿去？"等等。若专从语言上找他的特点，我们便会失望，因为他的"行话"并不很多。假若我们只仗着"泡蘑菇"什么的几个词汇，去支持描写一位车夫，便嫌太单薄了。

明白了车夫的生活，才能发现车夫的品质，思想，与感情。这可就找到了语言的泉源。话是表现感情与传达思想的，所以大学教授的话与洋车夫的话不一样。从生活中找语言，语言就有了根；从字面上找语言，语言便成了点缀，不能一针见血地说到根儿上。话跟生活是分不开的。因此，学习语言也和体验生活是分不开的。

一个文艺作品里面的语言的好坏，不都在乎它是否用了一大堆词汇，和是否用了某一阶级，某一行业的话语，而在乎它的词汇与话语用得是地方不是。这就是说，比如一本描写工人的小说，其中工厂的术语和工人惯说的话都应有尽有，是不是这算一本好小说呢？未必！小说并不是工厂词典与工人语法大全。语言的成功，在一本文艺作品里，是要看在什么情节，时机之下，用了什么词汇与什么言语，而且都用得正确合适。怎能把它们都用得正确合适呢？还是那句话：得明白生活。一位工人发怒的时候，就唱起"怒发冲冠"来，自然不对路了；可是，教他气冲冲地说一大串工厂术语，也不对。我们必须了解这位发怒的工人的生活，我们才会形容他怎样生气，才会写出工人的气话。生活是最伟大的一部活语汇。

上述的一点经验，总起来就是：多念有名的文艺作品，多练习多种形式的文艺的写作，和多体验生活。这三项功夫，都对语言的运用大有帮助。

（原载一九五一年八月十六日《解放军文艺》第一卷）

写与读

要写作，便须读书。读书与著书是不可分离的事。当我初次执笔写小说的时候，我并没有考虑自己应否学习写作，和自己是否有写作的才力。我拿起笔来，因为我读了几篇小说。这几篇小说并不是文艺杰作，那时候我还没有辨别好坏的能力。读了它们，我觉得写小说必是很好玩的事，所以我自己也愿试一试。《老张的哲学》便是在这种情形下写出来的。无可避免的，它必是乱七八糟，因为它的范本——那时节我所读过的几篇小说——就不是什么高明的作品。

一边写着"老张"，一边抱着字典读莎士比亚的《韩姆烈德》。这是一本文艺杰作，可是它并没有给我什么好处。这使我怀疑：以我们的大学里的英文程度，而必读一半本莎士比亚，是不是白费时间？后来，我读了英译的《浮士德》，也丝毫没得到好处。这使我非常的苦闷，为什么被人人认为不朽之作的，并不给我一点好处呢？

有一位好友给我出了主意。他教我先读欧洲史，读完了古希腊史，再去读古希腊文艺，读完了古罗马史，再去读古罗马文艺……。这的确是个好主意。从历史中，我看见了某一国在某一时代的大概情形，而后在文艺作品中我看见了那一地那一时代的社会光景，二者相证，我就明白了一点文艺的内容与形式都是事有必至，理有固然。不过，说真的，那些古老的东西往往教我瞪着眼咽气！读到半本英译的《衣里亚德》，我的忍耐已用到极点，而想把它扔得远远的，永不再与它谋面。可是，一位会读希腊原文的老先生给我读了几十行荷马，他不是读诗，而是在唱最悦耳的歌曲！大概荷马的音乐就足以使他不朽吧？我决定不把它扔出老远去了！他的《奥第赛》比《衣里亚德》更有趣一些——我的才力，假若我真有点才力的话，大概是小说的，而非诗歌的；《奥第赛》确乎有点像冒险小说。

希腊的悲剧教我看到了那最活泼而又最悲郁的希腊人的理智与感情的冲突，和文艺的形式与内容的调谐。我不能完全明白它们的技巧，因为没有看见过它们在舞台上"旧戏重排"。从书本上，我只看到它们的"美"。这个美不仅是修辞上的与结构上的，而也是在希腊人的灵魂中的；希腊人仿佛是在"美"里面呼吸着的。

假若希腊悲剧是鹤唳高天的东西，我自己的习作可仍然是爬伏在地上的。一方面，古希腊的三大悲剧家是世界文学史中罕见的天才，高不可及，一方面，我读了阿瑞司陶风内司的喜剧，而喜剧更合我的口胃。假若我缺乏组织的能力与高深的思想，我可是会开玩笑啊，这时候，我开始写《赵子曰》——一本开玩笑的小说。

在悲剧喜剧之外，我最喜爱希腊的短诗。这可只限于喜爱。我并不敢学诗。我知道自己没有诗才。希腊的短诗是那么简洁，轻松，秀丽，真像是"他只有一朵花，却是玫瑰"那样。我知道自己只是粗枝大叶，不敢高攀玫瑰！

赫罗都塔司，赛诺风内，与修西地第司的作品，我也都耐着性子读了，他们都没给我什么好处。读他们，几乎像读列国演义，读过便全忘掉。

古罗马的作品使我更感到气闷。能欣赏米尔顿的，我想，一定能喜爱乌吉尔。可是，我根本不能欣赏米尔顿。我喜爱跳动的，天才横溢的诗，而不爱那四平八稳的工力深厚的诗。乌吉尔是杜甫，而我喜欢李白。罗马的雄辩的散文是值得一读的，它们常常给我们一两句格言与宝贵的常识，使我们认识了罗马人的切于实际，洞悉人情。可是，它们并不能给我们灵感。一行希腊诗歌能使我们沉醉，一整篇罗马的诗歌或散文也不能使我们有些醉意——罗马伟大，而光荣属于希腊。

对中古时代的作品，我读得不多。北欧，英国，法国的史诗，我都看了一些，可是不感兴趣。它们粗糙，杂乱，它们确是一些花木，但是没经过园丁的整理培修。尤其使我觉着不舒服的是它们硬把历史的界限打开，使基督前的英雄去作中古武士的役务。它们也过于爱起打与降妖。它们的历史的，地方的，民俗的价值也许胜过了文艺的，可是我的目的是文艺呀。

使我受益最大的是但丁的《神曲》。我把所能找到的几种英译本，韵文的与散文的，都读了一过儿，并且搜集了许多关于但丁的论著。有一个不短的时期，我成了但丁迷，读了《神曲》，我明白了何谓伟大的文艺。论时间，它讲的是永生。论空间，它上了天堂，入了地狱。论人物，它从上帝，圣者，魔王，贤人，英雄，一直讲到当时的"军民人等"。它的哲理是一贯的，而它的景物则包罗万象。它的每一景物都是那么生动逼真，使我明白何谓文艺的方法是从图像到图像。天才与努力的极峰便是这部《神曲》，它使我明白了肉体与灵魂的关系，也使我明白了文艺的真正的深度。

文艺复兴时期的作品永远给人以灵感。尽管阿比累是那么荒唐杂乱，尽管英国的戏剧是那么夸大粗壮，可是它们教我的心跳，教我敢冒险去写作，不怕碰壁。不错，浪漫派的作品也往往失之荒唐与夸大，但是文艺复兴的大胆是人类刚从暗室里出来，看到了阳光的喜悦，而浪漫派的是失去了阳光，而叹息着前途的黯淡。文艺复兴的啼与笑都健康！因为读过了但丁与文艺复兴的文艺，直到如今，我心中老有个无可解开的矛盾：一方面，我要写出像《神曲》那样完整的东西；另一方面，我又想信笔写来，像阿比累那样要笑就笑个痛快，要说什么就说什么。细腻是文艺者必须有的努力，而粗壮又似乎足以使人们能听见巨人的狂笑与嚎啕。我认识了细腻，而又不忍放弃粗壮。我不知道站在哪一边好。我写完了《赵子曰》。它粗而不壮。它闹出种种笑话，而并没有在笑话中闪耀出真理来。《赵子曰》也会哭会笑，可不是巨人的啼笑。用不着为自己吹牛啊，拿古人的著作和自己的比一比，自己就会公平地给自己打分数了！

在我做事的时候，我总愿意事前有个计划，而后一一的"照计而行"。不过，这个心愿往往被一点感情或脾气给弄乱，而自己破坏了自己的计划。在事后想起自己这种愚蠢可笑，我就无可如何地名之为"庸人的浪漫"。在我的作品里，我可是永远不会浪漫。我有一点点天赋的幽默之感，又搭上我是贫寒出身，所以我会由世态与人情中看出那可怜又可笑的地方来；笑是理智的胜利，我不会皱着眉把眼钉在自己的一点感触上，

或对着月牙儿不住地落泪，因此，我很喜欢十七八世纪假古
典主义的作品。不错，这种作品没有浪漫派的那种使人迷醉
颠倒的力量；可是也没有浪漫派的那种信口开河，唠里唠叨
的毛病。这种作品至少是具有平稳、简明的好处。在文学史
中，假古典主义本来是负着取法乎古希腊与罗马文艺的法则
而美化欧西各国的文字的责任的；对我，它依样的还有这个
功能——它使我知道怎样先求文字上的简明及思路上的层次清
楚，而后再说别的。我佩服浪漫派的诗歌，可是我喜欢假古
典派的作品，正像我只能读咏唐诗，而在自己作诗的时候却
取法乎宋诗。至于浪漫派小说，我没读过多少，也不想再读。
假若我在十六七岁的时候就接触了浪漫派的小说，我也许能
像在十二三岁时读《三侠剑》与《绿牡丹》那样的起劲入神，
可是它们来到我眼中的时候，我已是快三十岁的人，我只觉
得它们的侠客英雄都是二簧戏里的花脸儿，他们的行动也都
配着锣鼓。我要看真的社会与人生，而不愿老看二簧戏。

　　一九二八年至二九年，我开始读近代的英法小说。我的方
法是：由书里和友人的口中，我打听到近三十年来的第一流作
家，和每一作家的代表作品。我要至少读每一名作家的"一"
本名著。这个计划太大。近代是小说的世界，每一年都产生
几本可以传世的作品。再说，我并不能严格的遵守"一本书"
的办法，因为读过一个名家的一本名著之后，我就还想再读

他的另一本；趣味破坏了计划。英国的威尔斯，康拉德，美瑞地茨，和法国的福禄贝尔与莫泊桑，都拿去了我很多的时间。在这一年多的时间中，我昼夜地读小说，好像是落在小说阵里。它们对我的习作的影响是这样的：（1）大体上，我喜欢近代小说的写实的态度，与尖刻的笔调。这态度与笔调告诉我，小说已成为社会的指导者，人生的教科书；他们不只供给消遣，而是用引人入胜的方法做某一事理的宣传。（2）我最心爱的作品，未必是我能仿造的。我喜欢威尔斯与赫胥黎的科学的罗曼司，和康拉德的海上的冒险，但是我学不来。我没有那么高深的学识与丰富的经验。"读"然后知"不足"啊！（3）各派的小说，我都看到了一点，我有时候很想仿制。可是，由多读的关系，我知道摹仿一派的作风是使人吃亏的事。看吧，从古至今，那些能传久的作品，不管是属于那一派的，大概都有个相同之点，就是它们健康，崇高，真实。反之，那些只管作风趋时，而并不结实的东西，尽管风行一时，也难免境迁书灭。在我的长篇小说里，我永远不刻意地摹仿任何文派的作风与技巧；我写我的。在短篇里，有时候因兴之所至，我去摹仿一下，为是给自己一点变化。（4）多读，尽管不为是去摹仿，也还有个好处：读的多了，就多知道一些形式，而后也就能把内容放到个最合适的形式里去。

回国之后，我才有机会多读俄国的作品。我觉得俄国的小说是世界伟大文艺中的"最"伟大的。我的才力不够去学它们的，可是有它们在心中，我就能因自惭才短地希望自己别太低级，勿甘自弃。

对于剧本，我读过不多。抗战后，我也试写剧本，成绩不好是无足怪的。

文艺理论是我在山东教书的时候，因为预备讲义才开始去读的；读的不多，而且也没有得到多少好处。我以为"论"文艺不如"读"文艺。我们的大学文学系中，恐怕就犯有光论而不读的毛病。

读书而外，一个作家还须熟读社会人生。因为我"读"了人力车夫的生活，我才能写出《骆驼祥子》。它的文字，形式，结构，也许能自书中学来的；他的内容可是直接地取自车厂，小茶馆与大杂院的；并没看过另一本专写人力车夫的生活的书。

（原载一九四五年七月《文哨》第一卷第二期）

怎样读小说

　　写一本小说不容易，读一本小说也不容易。平常人读小说，往往以为既是"小"说，必无关宏旨，所以就随便一看，看完了顺手一扔，有无心得，全不过问。这个态度，据我看来，是不大对的。光是浪费了光阴么？我们要这样去读小说，何不去玩玩球，练练武术，倒还有益于身体呀？再说，小说之所以能够存在，并不见完全因为它"小"而易读，可供消遣。反之，它之所以能够存在，正因为它有它特具的作用，不是别的书籍所能替代的。化学不能代替心理学，物理学不能代替历史；同样的，别的任何书籍也都不能代替小说。小说是讲人生经验的。我们读了小说，才会明白人间，才会知道处身涉世的道理。这一点好处不是别的书籍所能供给我们的。哲学能教咱们"明白"，但是它不如小说说得那么有趣、那么亲切、那么动人，因为哲学太板着面孔说话，而小说则生龙活虎的去描写，使人感到兴趣，因而也就不知不觉地发生了潜移默化的作用。历史也写人间，似乎与小说相同。可是，一般地说，历史往往缺乏着文艺性，使人念了头疼；即使含有文艺性，也不能像小说那样圆满生动，活龙活现。历史可以近乎小说，但代替不了小说。世间恐怕只有小说能源源本本、头头是道地描画人世生活，并且能暗示出人生意义。就是戏剧也没有这么大的本事，因为戏剧须摆在舞台上去，而舞台的限制就往往教剧本不能像小说那样自由描画。于此，我们知道了，小说是在书籍里另成一格，也就与别种书籍同样地有它独立的、无可代替的价值与使命。它不是仅供我们念着"玩"的。

读小说，第一能教我们得到益处的，便是小说的文字。世界上虽然也有文字不甚好的伟大小说，但是一般地来说，好的小说大多数是有好文字的。所以，我们读小说时，不应只注意它的内容，也须学习它的文字，看它怎么以最少的文字，形容出复杂的心态物态来；看它怎样用最恰当的文字，把人情物状一下子形容出来，活生生地立在我们的眼前。况且一部小说，又是有人有景有对话，千状万态，包罗万象，更是使我们心宽眼亮，多见多闻；假若我们细心去读的话，它简直就是一部最好的最丰富的模范文。反之，假若我们读到一部文字不甚好的小说，即使它有些内容，我们也就知道这部小说是不甚完美的，因为它有个文字拙劣的缺点。在我们读过一段描写人，或描写事物的文字以后，试把小说放在一边，而自己拟作一段，我们便得到很不小的好处，因为拿我们自己的拟作与原文一比，就看出来人家的是何等简洁有力，或委婉多姿。而且还可以看出来，人家之所以能体贴入微者，必是由真正的经验而来，并不是先写好了"人生于世"而后敷衍成章的。假若我们也要写好文章，我们便也应该去细心观察人生与事物，观察之后，加以揣摩，而后我们才能把其中的精彩部分捉到，下笔如有神矣。闭着眼睛想是写不出来东西的。

　　文字以外，我们该注意的是小说的内容。要断定一本小说内容的好坏，颇不容易，因为世间的任何一件事都可以作为小说的材料，实在不容易分别好坏。不过，大概地说，我们可以这样来决定：关心社会的便好，不关心社会的便坏。这似乎是说，要看作者的态度如何了。同一件事，在甲作家手里便当作一个社会问题而提出之，在乙作家手里或者就当作一件好玩的事来说。前者的态度严肃，关切人生；后者的态度随便，不关切人生。那么，前者就给我们一些知识，一点教训，所以好；后者只是供我们消遣，白费了我们的光阴，所以不好。青年们读小说，往往喜爱剑侠小说。行侠仗义，好打不平，本是一个黑暗社会中应有的好事。倘若作者专向着"侠"字这一方面去讲，他多少必能激动我们的正义感，使我们也要有除暴安良的抱负。反之，倘若作者专注意到"剑"字上去，说什么口吐白光，斗了三天三夜的法而不分胜负，便离题太远，而使我们渐渐走入魔道了。青年们没有多少判断能力，而且又血气方刚，喜欢热闹，故每每以惊奇与否断定小说的好歹，而不知惊奇的事未必有什么道理，我们费了许多光阴去阅读，并不见得有丝毫的好处。同样的，小说的穿插若专为故作惊奇，并不见得就是好作品，因为卖关子，要笔调，都是低卑的技巧；而好的小说，虽然没有这些花样，也自能引人入胜。一部好的小说，必是真有的说，真值的说；它决不求助于小小的技巧来支持门面。作者要怎样说，自然有个打算，但是这个打算是想把故事拉得长长的，好多赚几个钱。所以，我们读一本小说，绝不该以内容与穿插的惊奇与否而定去取，而是要以作者怎样处理内容的态度，和怎样设计去表现，去定好坏。假若我们能这样去读小说，则小说一定不是只供消遣的东西，而是对我们的文学修养，与处世的道理，都大有裨益的。

（原载一九四三年三月十日《国文杂志》第一卷）

怎样学诗

诗最难，诗也最容易，我们要当心。能写很好的散文的未必能写诗；因为诗的条件较散文为多；设若连散文还写不好，就更不可以轻易弄诗了。不过，散文必须写得清楚，必须有条有理的成篇；而诗呢，仿佛含混一些也可以，而且可长可短，形式最自由。于是作诗似乎比散文还省着点力气；诗就多起来，诗可也就不像样子了。学旧诗的知道了规矩便可照式填满，然而这只是"填"，不是"作"。喜新诗的便连规矩也不必管，满可以不假思索，一挥而就；然而是诗与否，深可怀疑。

青年朋友们每问我怎样作诗，我非诗人，不敢置答。今天是诗人节，又想起此问题，很愿写出几句；对与不对，不敢保险。

假若今天有位青年想要写诗，我必先请他把散文写好了再说。好的散文虽没有诗的形式与极精妙的语言，可是一字一句也绝不是随便可以写出来的。把散文写好并不是件容易的事。赶到散文已有相当的把握，再去写诗，才知道诗的难写，而晓得怎样用心了。

练习散文的时候最好是写故事。故事里有人有景。人有个性及感情，景有独特之美。能于故事中，于适当的字传情写景，然后才能更进一步，以最精炼的文字，一语道出，深情佳景。无至情，无真诗，须于故事中详为揣摩，配以适当的文字。如是立下基础，而后可以言诗；否则未谙人情，何从吟咏？

写情写景略有把握，更须多读名著，以窥写诗之术。自己写几句，与名家著作比较一下，最为有益。

读的多了，再从事习作。凡写一题，须有真情实感。草草写下，一气呵成。既成，放置一二日，再加修改；过一二日，再修改，务求文到情溢，有真情，有好景，有音节，无一废词冗字。如是努力，而仍不得佳作，须检讨自己：是不是对人对事对物的观察不够，或生活太狭，或学识太浅，或为人未能宽大宏朗，致以个人的偏私隐晦了崇高远大的理想……自省的工夫既严，必能发现自身之所短，这才有醒悟，有进步。

诗不是文字的玩弄，要在表现其"人"；人之不存，诗何以立？设若只为由科员升为科长，正自别有办法，不必于诗中求之。

青年朋友们，我本非诗人，故决不怕你们诗法高明，夺去我的饭碗。我真诚地盼望你们成为诗人，故不敢不说实话——实话总是不甚甘甜，罪过！罪过！

（原载一九四一年五月三十日《国民公报》"诗人节特刊"）

选择与鉴别
——怎样阅读文艺书籍

吃东西要有选择：吃有营养的，不吃有毒的。

对精神食粮也必需选择：好书，开卷有益；坏书，开卷有害，可能有很大的害。

在旧社会里，有些人以编写坏书或贩卖坏书为职业。有不少青年受了骗，因为看坏书而损害了身体，或道德败落，变成坏人。今天，我们还该随时警惕，不要随便抓起一本书就看，那会误中毒害。至于故意去找残余的坏书阅读，简直是自暴自弃的表现，今日的青年一定知道不该这么做。

特别应当注意选择文艺作品。有的人管小说什么的叫作闲书，并且以为随便看看闲书不会有什么害处。这不对。"闲书"可能有很大的危害。旧日的坏书多数是利用小说等文学形式写成的，只为生意兴隆，不管害人多少。我们千万不可上当。

俗话说：老不读《三国》，少不看《水浒》。这并不是说《三国》与《水浒》不好，而是说它们有很强的感染力，能够左右读者的思想感情，去摹仿书中人物。确是这样：一部好小说会使读者志气昂扬，力争上游；一部坏小说会使读者志气消沉，腐化堕落。留点神吧，别采取看闲书的态度，信手拾来，随便消遣。看坏书如同吸鸦片烟，会使人上瘾，越吸越爱吸，也就受毒越深。

还有一种书，荒诞无稽，也足以使人——特别是青年与少年，异想天开，做出荒唐的事来。如剑侠小说。我们从前不是听说过么：十四五岁的中学生因读剑侠小说而逃出学校，到深山古洞去访什么老祖或圣母，学习飞剑杀人，呼风唤雨等等本领。结果呢，既荒废了学业，也没找到什么老祖或圣母——世界上从来没有过什么老祖和圣母啊！使人不务正业，而去求仙修道，难道不是害处么？

怎么选择呢？不需要开一张书目，这么办就行：要看，就先看当代的好作品。我们的确有许多好小说，好剧本，好诗集，好文学刊物，好革命回忆录……。为什么不看这些，而单找些无聊的东西浪费时光，或有害的东西自寻苦恼呢？生活在今天，就应当关心今天的国家建设与革命事业的大事，而我们这几年出版的好作品恰好是反映这些的。它们既足以使我们受到鼓舞，争取进步，又能获得艺术上的享受，有多么好呢！

或者有人说：新的作品读起来费力，不如某些剑侠小说、言情小说、公案小说等等那么简单省劲儿。首先就该矫正这个看法。在我自己的少年时期，最先接触到的就是《施公案》一类的小说。到二十岁左右，我才看到新小说。读了几本新小说之后，再拿起《施公案》来看，便看不下去了。从内容上说，新小说里所反映的正是我迫切要知道的，《施公案》没有这样的亲切。从文笔上说，新小说中有许多是艺术作品，而《施公案》没有这样的水平。新小说唤醒我对社会的关切，提高了我的文艺欣赏力。我没法子再喜爱《施公案》。后来，我自己也学习写小说，走的是新小说的路子，不是《施公案》的路子。不怕不识货，就怕货比货。比一比就知道谁高谁低了。我相信，谁都一样：念过几本新作品，就会放弃了《施公案》。

一个研究文学的人，自然要广为阅览，以便分析比较。但是，这是专家的工作，一般人不宜借口要博阅广见而一视同仁，不辨好坏，抓住什么读什么。

现代题材的作品读了不少以后，再去看古典作品，就比较妥当。因为，若是一开始就读古典作品，心中没有底，不会鉴别，往往就容易发生误解，以为古典作品中的英雄人物，不管是十八世纪的，还是十九世纪的，都是模范，值得效仿。这一定会出毛病。不论多么伟大的作家也没有一眼看到几百年后的本领。他的成功是塑造了他的时代的典型人物。但这只是那个时代的典型人物，并不足以典范千古。即使这个人物是正面的人物，是好人，他也必然带着他那个时代必不可免的缺点，不应该也不可能成为我们的模范。是呀，一个十八世纪的人怎会能够成为社会主义建设者呢？正面人物尚且如此，何况那反面人物呢？

阅读古典作品而受到感动是当然的，这正好证明古典作品之所以为古典作品，具有不朽的价值。但是，因受感动而去摹仿书中人物的行为就是另一回事了。这证明读者没有鉴别的能力，糊糊涂涂地做了古代作品的俘虏。

我们能够从古典的杰作了解到某一个历史时期的男女是怎么生活着的，明白一些他们的思想感情，志愿与理想，遭遇与成败。小说等文艺作品虽然不是历史，却足以帮助我们明白些历史的发展，使我们通达，因而也就更爱我们自己的时代与社会。我们的社会制度是最进步的制度，我们的社会现实曾经是多少前哲的理想。以古比今，我们感到幸福，从而意气风发,去建设我们的社会主义。我们读过的现代好作品帮助我们认清我们的社会,鼓舞我们努力建设社会主义的雄心壮志。有了这个底子,再看古典作品,我们就有了鉴别力,叫古为今用,不叫今为古用,去做古书的俘虏。假若我们看了《红楼梦》,而不可怜那悲剧中的贾宝玉与林黛玉,不觉得我们自己是多么幸福,反倒去羡慕"大观园"中的腐烂生活,就是既没有了解《红楼梦》,也忘了自己是什么时代的人。这不仅荒唐可笑,而且会使个人消沉或堕落,使个人在社会主义建设工作上受到损失。这个害处可真不小!历史是向前进的,人也得往前走,不应后退!假若今天我们自己要写一部新《红楼梦》,大概谁也会想得到,我们必然是去描写某工厂或某人民公社的青年男女怎样千方百计地增产节约,怎样忘我地劳动,个个奋勇争先,为集体的事业去争取红旗。我们的《红楼梦》里的生活是健康的,愉快的,民主的,创造的,不会有以泪洗面的林黛玉,也不会有"大观园"中的一切乱七八糟。假若不幸有个林黛玉型的姑娘出现,我们必然会热诚地帮助她,叫她坚强起来,积极地从事生产,不再动不动地就掉眼泪。假若她是因读老《红楼梦》而学会多愁善病的,我们就会劝她读读《刘胡兰》,看看新电影,叫她先认清现代青年的责任是什么,切莫糊糊涂涂地糟蹋了自己。有选择就不至于浪费时间或遭受毒害。

有鉴别就不会认错了时代，盲目崇拜古书，错误地摹仿前人，使自己不向前进，而往后退。

在这里，我主要地谈到文艺作品，因为阅读文艺作品而不加选择与鉴别，最容易使人受害。我并没有验看别种著作，说别种著作不需要选择与鉴别的意思，请勿误会。

（原载一九六一年《解放军战士》一月号）

第 二 辑
别怕动笔

　　得到一个故事，最好是去细细琢磨其中的人物。假若对人物全无所知，就请不要执笔，而须先去生活，去认识人。故事不怕短，人物可必须立得起来。人物的形象不应因故事简短而打折扣。只知道一个故事，而不洞悉其中人物，无法进行创作。人是故事的主人。

人物不打折扣

常有人问：有了一个很不错的故事，为什么写不好或写不出人物？

据我看，毛病恐怕是在只知道人物在这一故事里做了什么，而不知道他在这故事外还做了什么。这就是说，我们只知道了一件事，而对其中的人物并没有深刻的全面的了解，因而也就无从创造出有骨有肉的人物来。不论是中篇或短篇小说，还是一出独幕剧或多幕剧，总要有个故事。人物出现在这个故事里。因为篇幅有限，故事当然不能很长，也不能很复杂。于是，出现在故事里的人物，只能够做某一些事，不会很多。这一些事只是人物生活中的一片段，不是他的全部生活。描写全部生活须写很长的长篇小说。这样，只仗着一个不很长的故事而要表现出一个或几个生龙活虎般的人物来，的确是不很容易。

怎么办呢？须从人物身上打主意。我们得到了一个故事，就要马上问问自己：对其中的人物熟悉不熟悉呢？假若很熟悉，那就可能写出人物来。假若全无所知，那就一定写不出人物来。

在一篇短篇小说里或一篇短剧里，没法子装下一个很复杂的故事。人物只能做有限的事，说有限的话。为什么做那点事、说那点话呢？怎样做那点事、说那点话？这可就涉及人物的全部生活了。只有我们熟悉人物的全部生活，我们才能够形象地、生动地、恰如其分地写出人物在这个小故事里做了什么和怎么做的，说了什么和怎么说的。通过这一件事，我们表现出一个或几个形象完整的人物来。只有这样的人物才会做出这样的一点事，说出这样的一点话。我们必须去深刻地了解人。知道他的十件事，而只写一件事，容易成功。只知道一件，就写一件，很难写出人物来。

在我的几篇较好的短篇小说里，我都用的是预备写长篇的资料。因为没有时间写长篇，我往往从预备好足够写一二十万字的小说里抽出某一件事，写成只有几千字的短篇。这样的短篇，虽然故事简单，人物不多；可是，对人物的一切，我已想过多少次。于是，人物的一举一动、一言一语，都能够表现他们的不同的性格与生活经验。我认识他们。我本来是想用一二十万字从生活各方面描写他们的。

篇幅虽短，人物可不能折扣！在长篇小说里，我们可以从容地、有头有尾地叙述一个人物的全部生活。在短篇里，我们是借着一个简单的故事，生活中的一片段，表现出人物。我们若是知道一个人物的生活全部，就必能写好他的生活的一片段，使人看了相信：只有这样一个人，才会做出这样的一些事。虽然写的是一件事，可是能够反映出人物的全貌。

还有一件事，也值得说一说。在我把剧本交给剧院之后，演员们总是顺着我写的台词，分别给所有的人物去做小传。即使某一人物的台词只有几句，预备扮演他（或她）的演员也照着这几句话，加以想象，去写出一篇人物小传来。这是个很好的方法。这么做了之后，演员便摸到剧中人物的底。不管人物在台上说多说少，演员们总能设身处地，从人物的性格与生活出发，去说或多或少的台词。某一人物的台词虽然只有那么几句，演员却有代他说千言万语的准备。因此，演员才能把那几句话说好——只有这样的一个角色，才会这么说那几句话。假若演员不去拟写人物小传，而只记住那几句台词，他必定不能获得闻声知人的效果。

人物的全部生活决定他在舞台上怎么说那几句话。是的，得到一个故事，最好是去细细琢磨其中的人物。假若对人物全无所知，就请不要执笔，而须先去生活，去认识人。故事不怕短，人物可必须立得起来。人物的形象不应因故事简短而打折扣。只知道一个故事，而不洞悉其中人物，无法进行创作。人是故事的主人。

文病

有些人本来很会说话，而且认识不少的字，可是一拿起笔来写点什么就感到困难，好大半天写不出一个字。这是怎么一回事呢？这里面大概有许多原因，而且人各不同，不能一概而论。现在，我只提一个较比普遍的原因。这个原因是与文风有关系的。

近年来，似乎有那么一股文风：不痛痛快快地有什么说什么，该怎说就怎说，而力求语法别扭，语言生硬，说了许许多多，可是使人莫名其妙。久而久之，成了一种风气，以为只有这些似通不通、难念难懂的东西才是文章正宗。这可就害了不少人。有不少人受了传染，一拿起笔来就把现成的语言与通用的语法全放在一边，而苦心焦思地去找不现成的怪字，

"创造"非驴非马的语法，以便写出废话大全。这样，写文章就非常困难了。本来嘛，有现成的字不用，而钻天觅缝去找不现成的，有通用的语法不用，而费尽心机去"创造"，怎能不困难呢？于是，大家一拿笔就害起怕来，哎呀，怎么办呢？怎么能够写得高深莫测，使人不懂呢？有的人因为害怕就不敢拿笔，有的人硬着头皮死干，可是写完了连自己也看不懂了。大家相对叹气，齐说文章不好写呀。这种文风就这么束缚住了写作能力。

我说的是实话，并不太夸张。我看见过一些文稿。在这些文稿中，躲开现成的字与通用的语法，而去硬造怪字怪句，是相当普遍的现象。可见这种文风已经成为文病。此病不除，写作能力即不易得到解放。所以，改变文风是今天的一件要事。

写文章和日常说话确是有个距离，因为文章须比日常说话更明确、简练、生动。所以写文章必须动脑筋。可是，这样动脑筋是为给日常语言加工，而不是要和日常语言脱节。跟日常语言脱了节，文章就慢慢变成天书，不好懂了。比如说：大家都说"消灭"，而我偏说"消没"，便是脱离群众，自讨无趣，一个写作者的本领是在于把现成的"消灭"用得恰当，正确，而不在于硬造一个"消没"。硬造词，别人不懂。我们说"消灭四害"就恰当。我们若说"晓雾消灭了"就不恰当，因为我们通常都说"雾散了"不说"消灭了"——事实上，我们今天还没有消灭雾的办法。今天的雾散了，明天保不住还下雾。

对语法也是如此：我们虽用的是通用的语法，可是因动过脑筋，所以说得非常生动有力，这就是本领。假若不这么看问题，而想别开生面，硬造奇句，是会出毛病的。请看这一句吧："一瓢水泼出你山沟。"这说的是什么呢？我问过好几个朋友，大家都不懂。这一句的确出奇，突破了语法的成规。可是谁也不懂，怎么办呢？要是看不懂的就是好文章，那么要文章干吗呢？我们应当鄙视看不懂的文章，因为它不能为人民服务。"把一瓢水泼在山沟里"，或是"你把山沟里的水泼出一瓢来"，都像话，大家都能说得出，认识些字的也都能写得出。

就这么写吧，这是我们的话，很清楚，人人懂，有什么不好呢？实话实说是个好办法。虽然头一两次也许说得不太好，可是一次生，两次熟，只要知道写文章原来不必绕出十万八千里去找怪物，就会有了胆子。然后，继续努力练习，由说明白话进一步说生动而深刻的话，就摸到门儿了。即使始终不能写精彩了，可是明白话就有用处，就不丢人；反之，我们若是每逢一拿笔，就装腔作势，高叫一声：现成的话，都闪开，我要出奇制胜，做文章啦，恐怕就会写出"一瓢水泼出你山沟"了！这一句实在不易写出，因为糊涂得出奇。别人一看，也就惊心：可了不得，得用多少工夫，才会写出这么"奇妙"的句子啊！大家都胆小起来，不敢轻易动笔，怕写出来的不这么"高深"啊。这都不对！我们说话，是为叫别人明白我们的意思。我们写文章，是为叫别人更好地明白我们的意思。话必须说明白，文章必须写得更明白。这么认清问题，我们就不害怕了，就敢拿笔了；有什么说什么，有多少说多少，不装腔作势，不乌烟瘴气。这么一来，我们就不会再把做文章看成神秘的事，而一种健康爽朗的新文风也就会慢慢地建树起来。

越短越难

怎么写短篇小说，的确是个很难回答的问题。我自己就没写出来过像样子的短篇小说。这并不是说我的长篇小说都写得很好，不是的。不过，根据我的写作经验来看：只要我有足够的资料，我就能够写成一部长篇小说。它也许相当的好，也许无一是处。可是，好吧坏吧，我总把它写出来了。至于短篇小说，我有多少多少次想写而写不成。这是怎么一回事呢？

我仔细想过了，找出一些原因：

先从结构上说吧：一部文学作品须有严整的结构，不能像一盘散沙。可是，长篇小说因为篇幅长，即使有的地方不够严密，也还可以将就。短篇呢，只有几千字的地方，绝对不许这里太长，那里太短，不集中，不停匀，不严紧。

这样看来，短篇小说并不因篇幅短就容易写。反之，正因为它短，才很难写。

从文字上看也是如此。长篇小说多写几句，少写几句，似乎没有太大的关系。短篇只有几千字，多写几句和少写几句就大有关系，叫人一眼就会看出：这里太多，那里不够！写短篇必须做到字斟句酌，一点不能含糊。当然，写长篇也不该马马虎虎，信笔一挥。不过，长篇中有些不合适的地方，究竟容易被精彩的地方给遮掩过去，而短篇无此便利。短篇应是一小块精金美玉，没有一句废话。我自己喜写长篇，因为我的幽默感使我会说废话。我会抓住一些可笑的事，不管它和故事的发展有无密切关系，就痛痛快快发挥一阵。按道理说，这大不应该。可是，只要写得够幽默，我便舍不得删去它（这是我的毛病），读者也往往不事苛责。当我写短篇的时候，我就不敢那么办。于是，我总感到束手束脚，不能畅所欲言。信口开河可能写成长篇（文学史上有例可查），而绝对不能写成短篇。短篇需要最高度的艺术控制。浩浩荡荡的文字，用之于长篇，可能成为一种风格。短篇里浩荡不开。

同时，若是为了控制，而写得干干巴巴，就又使读者难过。好的短篇，虽仅三五千字，叫人看来却感到从从容容，舒舒服服。这是真本领。哪里去找这种本领呢？从我个人的经验来说，最要紧的是知道得多，写得少。有够写十万字的资料，而去写一万字，我们就会从容选择，只要精华，尽去糟粕。资料多才易于调动。反之，只有够写五千字的资料，也就想去写五千字，那就非弄到声嘶力竭不可。

我常常接到文艺爱好者的信，说：我有许多小说资料，但是写不出来。

其中，有的人连信还写不明白。对这样的朋友，我答以先努力进修语文，把文字写通顺了，有了表现能力，再谈创作。

有的来信写得很明白，但是信中所说的未必正确。所谓小说资料是不是一大堆事情呢？一大堆事情不等于小说资料。所谓小说资料者，据我看，是我们把一件事已经咂摸透，看出其中的深刻意义——借着这点事情可以说明生活中的和时代中的某一问题。这样摸着了底，我们就会把类似的事情收揽进来，补我们原有的资料的不足。这样，一件小说资料可能一来二去地包括着许多类似的事情。也只有这样，当我们写作的时候，才能左右逢源，从容不迫，不会写了一点就无话可说了。反之，记忆中只有一堆事情，而找不出一条线索，看不出有何意义，这堆事情便始终是一堆事情而已。即使我们记得它们发生的次序，循序写来，写来写去也就会写不下去了——写这些干什么呢！所谓一堆事情，乍一看起来，仿佛是五光十色，的确不少。及至一摸底，才知道值得写下来的东西并不多。本来嘛，上茅房也值得写吗？值不得！可是，在生活中的确有上茅房这类的事。把一大堆事情剥一剥皮，即把上茅房这类的事都剥去，剩下的核儿可就很小很小了。所以，我奉劝心中只有一堆事情的朋友们别再以为那就是小说资料，应当先想一想，给事情剥剥皮，看看核儿究竟有多么大。要不然，您总以为心中有一写就能写五十万言的积蓄，及至一落笔便又有空空如也之感。同时，我也愿意奉劝：别以为有了一件似有若无的很单薄的故事，便是有了写短篇小说的内容。那不行。短篇小说并不因为篇幅短，即应先天不足！恰相反，正是因为它短，它才需要又深又厚。您所知道的必须比要写的多得多。

是的，上面所说的也适用于人物的描写。在长篇小说里，我们可以从容介绍人物，详细描写他们的性格、模样与服装等等。短篇小说里没有那么多的地方容纳这些形容。短篇小说介绍人物的手法似乎与话剧中所用的手法相近——一些动作，几句话，人物就活生生地出现在我们眼前。当然，短篇小说并不禁止人物的形容。可是，形容一多，就必然显着冗长无力。我以为：用话剧的手法介绍人物，而在必要时点染上一点色彩，是短篇小说描绘人物的好办法。

除非我们对一个人物极为熟悉，我们没法子用三言两语把他形容出来。在短篇小说里，我们只能叫他做一两件事，可是我们必须做到：只有这样的一个人才会做这一两件事，而不是这样的一个人偶然地做了这一两件事，更不是随便哪个人都能做这一两件事。即使我们故意叫他偶然地做了一件事，那也必须是只有这个人才会遇到这件偶然的事，只有这个人才会那么处理这件偶然的事。还是那句话：知道得多，写得少。短篇小说的篇幅小，我们不能叫人物做过多的事。我们叫他做一件事也好，两件事也好，可是这点事必是人物全部生活与性格的有力说明，不是他一辈子只做了这么一点点事。只有知道了孔明和司马懿的终生，才能写出《空城计》。假若事出偶然，恐怕孔明就会束手被擒，万一司马懿闯进空城去呢！

风景的描写也可应用上述的道理。人物的形容和风景的描写都不应是点缀。没有必要，不写；话很多，找最要紧的写，少写。

这样，即使我们还不能把短篇小说写好，可也不会一写就写成长的短篇小说，废话太多的短篇小说了。

以上，是我这两天想起来的话，也许对，也许不对；前面不是说过吗？我不大会写短篇小说呀。

（原载一九五八年六月《人民文学》）

别怕动笔

有不少初学写作的人感到苦恼：写不出来！

我的看法是：加紧学习，先别苦恼。

怎么学习呢？我看哪，第一步顶好是心中有什么就写什么，有多少就写多少。

永远不敢动笔，就永远摸不着门儿。不敢下水，还学得会游泳么？自己动了笔，再去读书，或看刊物上登载的作品，就会明白一些写作的方法了。只有自己动过笔，才会更深入地了解别人的作品，学会一些窍门。好吧，就再写吧，还是有什么写什么，有多少写多少。又写完了一篇或半篇，就再去阅读别人的作品，也就得到更大的好处。

千万别着急，别刚一拿笔就想发表不发表。先想发表，不是实事求是的办法。假若有个人告诉我们：他刚下过两次水，可是决定马上去参加国际游泳比赛，我们会相信他能得胜而归吗？不会！我们必定这么鼓舞他：你的志愿很好，可是要拼命练习，不成功不拉倒。这样，你会有朝一日去参加国际比赛的。我看，写作也是这样。谁肯下功夫学习，谁就会成功，可不能希望初次动笔就名扬天下。我说有什么写什么，有多少写多少，正是为了练习，假若我们忽略了这个练习过程，而想马上去发表，那就不好办了。是呀，只写了半篇，再也写不下去，可怎么去发表呢？先不要为发表不发表着急，这么着急会使我们灰心丧气，不肯再学习。若是由学习观点来看呢，写了半篇就很不错啊，在这以前，不是连半篇也写不上来吗？

不知道我说的对不对，我总以为初学写作不宜先决定要写五十万字的一本小说或一部多幕剧。也许有人那么干过，而且的确一箭成功。但这究竟不是常见的事，我们不便自视过高，看不起基本练习。那个一箭成功的人，想必是文字已经写得很通顺，生活经验也丰富，而且懂得一些小说或剧本的写法。他下过苦功，可是山沟里练把式，我们不知道。我们应当知道自己的底。我们的文字的基础若还不十分好，生活经验也还有限，又不晓得小说或剧本的技巧，我们顶好是有什么写什么，有多少写多少，为的是练习，给创作预备条件。

首先是要把文字写通顺了。我说的有什么写什么，有多少写多少，正是为逐渐充实我们的文字表达能力。还是那句话：不是为发表。想想看，我们若是有了想起什么、看见什么，和听见什么就写得下来的能力，那该是多么可喜的事啊！即使我们一辈子不写一篇小说或一部剧本，可是我们的书信、报告、杂感等等，都能写得简练而生动，难道不是值得高兴的事吗？

当然，到了我们的文字能够得心应手的时候，我们就可以试写小说或剧本了。文学的工具是语言文字呀。

这可不是说：文学创作专靠文字，用不着别的东西。不是这样！政治思想、生活经验、文学修养……都是要紧的。我们不应只管文字，不顾其他。我在前面说的有什么写什么和有多少就写多少，是指文字学习而言。这样能够叫我们敢于拿起笔来，不怕困难。在与动笔杆的同时，我们应当努力于政治学习，热情地参加各种活动，丰富生活经验，还要看戏，看电影，看文学作品。这样双管齐下，既常动笔，又关心政治与生活，我们的文字与思想就会得到进步，生活经验也逐渐丰富起来。我们就会既有值得写的资料，又有会写的本事了。

要学习写作，须先摸摸自己的底。自己的文字若还很差，就请按照我的建议去试试——有什么写什么，有多少写多少。同时，连写封家信或记点日记，都郑重其事地去干，当作练习写作的一种日课。文字的学习应当是随时随地的，不专限于写文章的时候。一个会写小说的当然也会写信，而一封出色的信也是文学作品——好的日记也是！

　　文字有了点根底，可还是写不出文章来，又怎么办呢？应当去看看，自己想写的是什么，是小说，还是剧本？假若是小说或剧本，那就难怪写不出来。首先是：我们往往觉得自己的某些生活经验足够写一篇小说或一部三幕剧的。事实上，那点经验并不够支持这么一篇作品的。我们的那些生活经验在我们心中的时候仿佛是好大一堆，可以用之不竭。及至把它写在纸上的时候就并不是那么一大堆了，因为写在纸上的必是最值得写下来的，无关重要的都用不上，就好像一个大笋，看起来很粗很长，及至把外边的吃不得的皮子都剥去，就只剩下不大的一块了。我们没法子用这点笋炒出一大盘子菜来！

　　这样，假若我们一下手就先把那点生活经验记下来，写一千字也好，二千字也好，我们倒能得到好处。一来是，我们会由此体会出来，原来值得写在纸上的并不像我们想象的那么多，我们的生活经验还并不丰富。假若我们要写长篇的东西，就必须去积累更多的经验，以便选择。对了，写下来的事情必是经过选择的；随便把鸡毛蒜皮都写下来，不能成为文学作品。即须经过选择，那么用不着说，我们的生活经验越多，才越便于选择。是呀，手里只有一个苹果，怎么去选择呢？

　　二来是，用所谓的一大堆生活经验而写成的一千或二千字，可能是很好的一篇文章。这就使我们有了信心，敢再去拿起笔来。反之，我们非用那所谓的一大堆生活经验去写长篇小说或剧本不可，我们就可能始终不能成篇交卷，因而灰心丧气，不敢再写。不要贪大！能把小的写好，才有把大的写好的希望。况且，文章的好坏，不决定于字数的多少。一首千锤百炼的民歌，虽然只有四句或八句，也可以传诵全国。

还有：即使我们的那一段生活经验的确结结实实，只要写下来便是好东西，也还会碰到困难——写得干巴巴的，没有味道。这是怎么一回事呢？我看大概是这样：我们只知道这几个人，这一些事，而不知道更多的人与事，所以没法子运用更多的人与事来丰富那几个人与那一些事。是呀，一本小说或一本戏剧就是一个小世界，只有我们知道得真多，我们才能随时地写人、写事、写景、写对话，都活泼生动，写晴天就使读者感到天朗气清，心情舒畅，写一棵花就使人闻到了香味！我们必须深入生活，不断动笔！我们不妨今天描写一棵花，明天又试验描写一个人，今天记述一段事，明天试写一首抒情诗，去充实表达能力。生活越丰富，心里越宽绰；写得越勤，就会有得心应手的那么一天。是的，得下些功夫，把根底打好。别着急，别先考虑发表不发表。谁肯用功，谁就会写文章。

这么说，不就很难做到写作的跃进吗？不是！写作的跃进也和别种工作的跃进一样，必须下功夫，勤学苦练。不能把勤学苦练放在一边，而去空谈跃进。看吧，原本不敢动笔，现在拿起笔来了，这还不是跃进的劲头吗？然后，写不出大的，就写小的；写不好诗，就写散文；这样高高兴兴地，不图名不图利地往下干，一定会有成功那一天。难道这还不是跃进吗？好吧，让咱们都兴高采烈地干吧！放开胆子，先有什么写什么，有多少写多少，咱们就会逐渐提高，写出像样子的东西来。不怕动笔，笔就会听咱们的话，不是吗？

怎样写小说

小说并没有一定的写法。我的话至多不过是供参考而已。

大多数的小说里都有一个故事，所以我们想要写小说，似乎也该先找个故事。找什么样子的故事呢？从我们读过的小说来看，什么故事都可以用。恋爱的故事，冒险的故事固然可以利用，就是说鬼说狐也可以。故事多得很，我们无须发愁。不过，在说鬼狐的故事里，自古至今都是把鬼狐处理得像活人；即使专以恐怖为目的，作者所想要恐吓的也还是人。假若有人写一本书，专说狐的生长与习惯，而与人无关，那便成为狐的研究报告，而成不了说狐的故事了。由此可见，小说是人类对自己的关心，是人类社会的自觉，是人类生活经验的纪录。那么，当我们选择故事的时候，就应当估计这故事在人生上有什么价值，有什么启示；也就很显然地应把说鬼说狐先放在一边——即使要利用鬼狐，发为寓言，也须晓得寓言与现实是很难得谐调的，不如由正面去写人生才更恳切动人。

依着上述的原则去选择故事，我们应该选择复杂惊奇的故事呢，还是简单平凡的呢？据我看，应当先选取简单平凡的。故事简单，人物自然不会很多，把一两个人物写好，当然是比写二三十个人而没有一个成功的强多了。写一篇小说，假如写者不善描写风景，就满可以不写风景，不长于写对话，就满可以少写对话；可是人物是必不可缺少的，没有人便没有事，也就没有了小说。创造人物是小说家的第一项任务。把一件复杂热闹的事写得很清楚，而没有创造出人来，那至多也不过是一篇优秀的报告，并不能成为小说。因此，我说，应当先写简单的故事，好多注意到人物的创造。试看，世界上要属英国狄更司的小说的穿插最复杂了吧，可是有谁读过之后能记得那些勾心斗角的故事呢？狄更司到今天还有很多的读者，还被推崇为伟大的作家，难道是因为他的故事复杂吗？不！他创造出许多的人哪！他的人物正如同我们的李逵、武松、黛玉、宝钗，都成为永远不朽的了。注意到人物的创造是件最上算的事。

为什么要选取平凡的故事呢？故事的惊奇是一种炫弄，往往使人专注意故事本身的刺激性，而忽略了故事与人生有关系。这样的故事在一时也许很好玩，可是过一会儿便索然无味了。试看，在英美一年要出多少本侦探小说，哪一本里没有个惊心动魄的故事呢？可是有几本这样的小说成为真正的文艺的作品呢？这种惊心动魄是大锣大鼓的刺激，而不是使人三月不知肉味的感动。小说是要感动，不要虚浮的刺激。因此，第一：故事的惊奇，不如人与事的亲切；第二：故事的出奇，不如有深长的意味。假若我们能由一件平凡的故事中，看出他特有的意义，则人同此心，心同此理，它便具有很大的感动力，能引起普遍的同情心。小说是对人生的解释，只有这解释才能使小说成为社会的指导者。也只有这解释才能把小说从低级趣味中解救出来。所谓《黑幕大观》一类的东西，其目的只在揭发丑恶，而并没有抓住丑恶的成因，虽能使读者快意一时，但未必不发生世事原来如此，大可一笑置之的犬儒态度。更要不得的是那类嫖经赌术的东西，作者只在嫖赌中有些经验，并没有从这些经验中去追求更深的意义，所以他们的文字只导淫劝赌，而绝对不会使人崇高。所以我说，我们应先选取平凡的故事，因为这足以使我们对事事注意，而养成对事事都探求其隐藏着的真理的习惯。有了这个习惯，我们既可以不愁没有东西好写，而且可以免除了低级趣味。客观事实只是事实，其本身并不就是小说，详密的观察了那些事实，而后加以主观的判断，才是我们对人生的解释，才是我们对社会的指导，才是小说。对复杂与惊奇的故事应取保留的态度，假若我们在复杂之中找不出必然的一贯的道理，于惊奇中找不出近情合理的解释，我们最好不要动手，因为一存以热闹惊奇见胜的心，我们的趣味便低级了。再说，就是老手名家也往往吃亏在故事的穿插太乱、人物太多；即使部分上有极成功的地方，可是全体的不匀调，顾此失彼，还是劳而无功。

在前面，我说写小说应先选择个故事。这也许小小的有点语病，因为在事实上，我们写小说的动机，有时候不是源于有个故事，而是有一个或几个人。我们倘然遇到一个有趣的人，很可能的便想以此人为主而写一篇小说。不过，不论是先有故事，还是先有人物，人与事总是分不开的。世界上大概很少没有人的事，和没有事的人。我们一想到故事，恐怕也就想到了人，一想到人，也就想到了事。我看，问题倒似乎不在于人与事来到的先后，而在于怎样以事配人，和以人配事。换句话说，人与事都不过是我们的参考资料，须由我们调动运用之后才成为小说。比方说，我们今天听到了一个故事，其中的主人翁是一个青年人。可是经我们考虑过后，我们觉得设若主人翁是个老年人，或者就能给这故事以更大的感动力；那么，我们就不妨替它改动一番。以此类推，我们可以任意改变故事或人物的一切。这就仿佛是说，那足以引起我们注意，以至想去写小说的故事或人物，不过是我们主要的参考材料。有了这点参考之后，我们须把毕生的经验都拿出来作为参考，千方百计地来使那主要的参考丰富起来，像培植一粒种子似的，我们要把水分、温度、阳光……都极细心的调处得适当，使他发芽，长叶开花。总而言之，我们须以艺术家自居，一切的资料是由我们支配的；我们要写的东西不是报告，而是艺术品——艺术品是用我们整个的生命、生活写出来的，不是随便地给某事某物照了个四寸或八寸的相片。我们的责任是在创作：假借一件事或一个人所要传达的思想，所要发生的情感与情调，都由我们自己决定，自己执行，自己做到。我们并不是任何事任何人的奴隶，而是一切的主人。

遇到一个故事，我们须亲自在那件事里旅行一次，不要急着忙着去写。旅行过了，我们就能发现它有许多不圆满的地方，须由我们补充。同时，我们也感觉到其中有许多事情是我们不熟悉或不知道的。我们要述说一个英雄，却未必不教英雄的一把手枪给难住。那就该赶紧去设法明白手枪，别无办法。一个小说家是人生经验的百货店，货越充实，生意才越兴旺。

旅行之后，看出哪里该添补，哪里该打听，我们还要再进一步，去认真地扮作故事中的人，设身处地地去想象每个人的一切。是的，我们所要写的也许是短短的一段事实。但是假若我们不能详知一切，我们要写的这一段便不能真切生动。

在我们心中，已经替某人说过一千句话了，或者落笔时才能正确地用他的一句话代表出他来。有了极丰富的资料，深刻的认识，才能说到剪裁。我们知道十分，才能写出相当好的一分。小说是酒精，不是搀了水的酒。大至历史、民族、社会、文化，小至职业、相貌、习惯，都须想过，我们对一个人的描画才能简单而精确地写出，我们写的事必然是我们要写的人所能担负得起的，我们要写的人正是我们要写的事的必然的当事人。这样，我们的小说才能皮裹着肉，肉撑着皮，自然的相联，看不出虚构的痕迹。小说要完美如一朵鲜花，不要像二簧行头戏里的"富贵衣"。

对于说话、风景，也都是如此。小说中人物的话语要一方面负着故事发展的责任，另一方面也是人格的表现——某个人遇到某种事必说某种话。这样，我们不必要什么惊奇的言语，而自然能动人。因为故事中的对话是本着我们自己的及我们对人的精密观察的，再加上我们对这故事中人物的多方面想象的结晶。我们替他说一句话，正像社会上某种人遇到某种事必然说的那一句。这样的一句话，有时候是极平凡的，而永远是动人的。

我们写风景也并不是专为了美，而是为加重故事的情调，风景是故事的衣装，正好似寡妇穿青衣，少女穿红裤，我们的风景要与故事人物相配备——使悲欢离合各得其动心的场所。

小说中一草一木一虫一鸟都须有它的存在的意义。一个迷信神鬼的人，听了一声鸦啼，便要不快。一个多感的人看见一片落叶，便要落泪。明乎此，我们才能随时随地的搜取材料，准备应用。当描写的时候，才能大至人生的意义，小至一虫一蝶，随手拾来，皆成妙趣。

以上所言，系对小说中故事、人物、风景等作个笼统的报告，以时间的限制不能分项详陈。设若有人问我，照你所讲，小说似乎很难写了？我要回答也许不是件极难的事，但是总不大容易吧！

（原载一九四一年八月十五日《文史杂志》第一卷第八期）

学一点诗词歌赋

有没有这样一个问题：有些剧作家由于对政策了解不够，对生活不够熟习，戏是写出来了，改了又改，演员有意见，导演有意见，朋友们有意见，各方面有意见，只得全力以赴地再改下去，来容纳各方面的意见。力量都花在这上边，而把语言的艺术性忽略了。我个人就有这样的体会，有时根据大家的意见改了，十之八九不如原句。一改之后，只求思想正确，无暇顾及语言，而思想与语言骨肉相关，不可分离的。

假如有上面这种情况，我希望今后各方面提了意见之后，再给剧作家一些时间，经过思考之后再改，不要一个人提了意见，就很紧张。有时候，戏上了，深夜十二点，忽然来了个电话，说："这句话不太好吧！"就连夜找演员商量改词。这样匆忙修改出来的语言还能好吗？因为一句词儿，原来作者写作时是有一种系统的思想在支配的。

还有一个情况：作者太忙了，人离开了，为了接受各方面的意见，导演、演员改动了两句，如田汉同志的《文成公主》，忽然戏里有个老太婆说了句："哟，你瞧！""哟，你瞧！"这是现代北京老大娘的口气，怎么由唐朝的妇女说出来呢？！这有点滑稽。田汉同志的语言本来文艺性很强，这一改就残破了。

改是完全可以的，希望今后不要随便改。应该给予作者较长的时间好好考虑，把语言尽可能弄得更好些。

还有这样的情况：一个戏故事性、舞台技巧都很好，就是经不起看第二遍，当你第二次闭着眼睛琢磨舞台语言的时候，并没有什么味道。为什么当初又能让它同观众见面呢？因为舞台技巧和故事性不错，所以读剧本时听的人也觉不错，就是没考虑到剧本语言在舞台上的文艺性，也没考虑到虽然票卖的不错，文武带打也很好，语言却是干巴巴的，没有味道。这种戏演到一个时间，再拿下来，加加工，告诉作者戏是有了，就是语言不够味，要作者注意通过语言提高剧本的思想性、艺术性。只讲语法正确，缺乏回味是不够的。

现在剧评家很客气，不去提、也不好意思提这个问题。我希望剧协组织内部座谈老老实实说真话，帮助作者提高语言的艺术感染力，好让观众欣赏语言之美。

剧作家应该如何培养，这也是个问题。年青的剧作者除了写剧本外，会不会作诗？散文写得如何？有没有广泛的文艺修养？我认为要专拿写话剧来练习语言是不够的。郭沫若、田汉、曹禺同志他们的文学艺术功夫是很深厚的。都是先有诗词歌赋的才能和修养作基础。郭老语言的根底就很深，田老的旧体诗是我很佩服的，丁西林、曹禺同志对外国的作品如莎士比亚等名家的语言很有研究，能阅读原文，精通翻译。

常常听到十五六岁的小孩说："我也要写剧本！"也可能写出了戏，语言却是干巴巴的，一句凑一句，变化很少。光靠写剧本练习语言是不行的。应该先有文学语言的基础才行。《文成公主》《蔡文姬》有许多优美的诗词，如果是某些作者就不能动笔，要歌不能写歌，要诗不能作诗。话剧的语言，有人认为全是白话。这是误解。不少老作家的语言运用了古典语言的节奏，抑、扬、顿、挫，铿锵有声，很有韵味。

希望剧协、文联组织大家补课，练功。青年剧作者有才能，语言功夫还不到家，就可以请名家来念念，分析优秀的戏曲、话剧剧本。诗、散文也要能够对付。这样才能在语言上提高。

我说的都是老实话，要帮助青年作者提高，请一批老先生教教诗词歌赋，找几个古今中外的好剧本批注一番是很有必要的。

（原载一九六二年一月十日《文汇报》）

一点小经验

不管小说也好，戏剧也好，都不是事实的纪录。比较起来，剧本更需要冲破真人真事的限制，因为一件事放在舞台上就必须适应舞台的条件，否则缺乏戏剧性。

我愿以《女店员》和《全家福》为例来说明。这两出戏都不是怎么了不起的作品，缺点甚多。不过它们是我写的，说起来容或亲切一些。

在我搜集《女店员》的材料的时候，我就想到：假若此剧始终以商店为背景，恐怕就不易有戏。是呀，假若每场都安排在商店里，人们出来进去，你买葱蒜，他要点心，可怎么演出戏来呢？所以我决定少用商店，而设法把家庭、公园等等都搬到台上来，以便既有变化，又容易演戏。对于人物，我也在商店之外，找出些男女老少，跟店员们拉上关系。这样，人与人的关系复杂起来，矛盾也就多了一些。戏剧必须有矛盾。

在人与事之上，我还给安上一个总题——妇女解放。这样一来，人与事尽管平凡，可是全剧却有个崇高的理想，就是妇女的彻底解放。

《全家福》的资料很多，可都是独立的：有的是儿子找妈妈，有的是妻子找丈夫……情节各异，互不相关。戏剧必须集中，不能零零散散如摆旧货摊子。所以我就把几件本来是孤立的事情组织到一处，成为一个新的故事。这就加强了人与人的关系，有了更多更好的情节，也更能感动人。假若不这么办，而抱定一件真人真事去写，我势必得从头说起，描写旧社会怎样使人民妻离子散，到今天才得到团圆。这样，既从旧社会写起，我就无法叫新社会的人民警察一开场就露面儿，也许到戏已快结束才能出来。显然，这样介绍人物是不妥当的。还有：我若描写旧社会的光景，我就必须把当时的恶霸、坏人等等写了进去。这样，人物既多，而且又容易有头无尾，——谁能把有血债的恶霸留到今天呢！我决定不在这群坏东西们身上多费笔墨。戏一开场就写今天的人与事。于是，人是今天的人，事是今天的事，显着新鲜，且不拖泥带水。全剧里没有一个反面人物，这也是一种新的写法。

由此可见，写戏须先找矛盾与冲突，矛盾越尖锐，才越会有戏。戏剧不是平板地叙述，而是随时发生矛盾，碰出火花来，令人动心，在最后解决了矛盾。

光知道一件事，不易写成一本戏。我们要知道的很多，以便从容布置，把真事重新组织过，使故事富有戏剧性。人物也是如此，我们须用几个类似的人物创造出一个人来，使他的性格更加突出，生活经验更加丰富。人与人的关系最重要。写戏如用兵，把人调迁得适当，则能彼此呼应，互相支援，以少胜多。所有的剧中人都仿佛用一条线拴着，一个动则全动，这就有了戏。我们得到的资料是真实的，我们的任务便是如何给真实加工，使人与事更加深厚，彼此间的关系更加亲密，以期具体而有力地说明真理。真实往往是零散的，我们须使之集中。真实中往往有金子，也有泥土，我们须取精去粕，详加选择与提炼。我们执笔写戏，眼睛要老看着舞台。剧本是要放在舞台上去受考验的。

（原载一九六〇年《北京文艺》一月号）

形式·内容·文字

假若我有个弟弟，他一时高兴起来要练习写写小说。我想，很自然的，他必来问我应该怎样写，因为我曾经发表过几篇小说。我虽没有以小说家自居过，可是在他的心目中大概我总是个有些本领的人物。既是他的哥哥，我一定不肯扫他的兴，尽管我心里并没有什么宝贝，似乎也得回答他几句——对不对，不敢保险，不过我决不会欺骗他，他是我的老弟呀！我要告诉他：

一、形式。小说没有什么一定的图样，但必须有个相当完整的形式，好教故事有秩序的、有计划的去发展。社会上的真事体，有许多是无结果而散的，有许多是千头万绪乱七八糟的；我们要照样去写，就恐怕是白费力而毫无效果。因此，我们须决定一个形式，把真事体加以剪裁和补充，以便使人看到一个相当完整的片段。真事体不过是我们的材料，盖起什么样的房子却由我们自己决定。我们不要随着真事体跑，而须教事体随着我们走。这样，我们才不至于把人物写丢了，或把事体写乱了。一开头写张三，而忽然张三失踪，来了个李四；李四又忽然不见，再出来个王五，一定不是好办法。事情也是如此，不能正谈着抗战，忽然又出来了《红楼梦》。人物要固定，事情要有范围。把人物与事情配备起来，像一棵花草似的那么有根、有枝、有叶、有花，才是小说。

二、内容。小说的内容比形式更自由。山崩地裂可以写，油盐酱醋也可以写。不过，无论写什么，我们必须给事情找出个意义来，作为对人们的某一现象的解释。我们不仅报告，也解释，好使读者了解人生。这种解释可不是滔滔不绝地发议论，不是一大篇演说，而是借着某件事暗示出来的，教人家看了这段具体的事，也就顺手儿看出其中的含意。因此，我们要写某件事，必须真明白某件事，好去说得真龙活现，使人信服，使人喜悦，使人在接受我们的故事时，也就不知不觉地接受了我们的教训。假若我们说打仗而不像打仗，说医生而像种田的，便只足使人笑我们愚蠢，而绝难相信我们的话了。我们须找自己真懂得的事去写。每写一件事必须费许多预备的工夫，去调查，去访问；绝对不可随便说说，而名之为小说。

单是事情详密还不算尽职。我们还得写出人来。小说既是给人生以解释，它的趣味当然是在"人"了。若是没有人物，虽然我们写出山崩地裂，或者天上掉下五条猛虎来，又有什么好处呢？人物才是小说的心灵，事实不过是四肢百体。

小说中最要紧的是人物，最难写的也是人物。我们日常对人们的举止动作要极用心地去观察，对人情世故要极细心地去揣摩，对自己的感情脾气要极客观地去分析，要多与社会接触，要多读有名的作品。我们免不了写自己，可是万不可老写自己；我们必须像戏剧演员似的，运用我们的想象，去装甲是甲，装乙是乙。我们一个人须有好多份儿心灵、身体。

三、文字。小说是用文字写成的，没有好的文字便什么也写不出。文字是什么东西呢？用不着说，它就是写在纸上的言语。我们都会说话，我们便应当会用文字。不过，平日我们说话往往信口开河，而写下来的文字必须有条有理，虽然还是说话，可是比说话简单精确。因此我们也须在文字上花一番琢磨的工夫。我们要想：这个感情，这个风景，这个举动，要用什么字才能表示得最简单，最精确呢？想了一回，再想一回，再想一回！这样，我们虽然还是用了现成的言语，可是它恰好能传达我们所要描写的，不多绕弯，不犹疑，不含混，教人一看便能得到个明确的图像。我们必须记得，我们是在替某人说话，替某事说话，替某一风景说话，而不是自己在讲书，或乱说。我们的心中应先有了某人某事某景，而后设法用文字恰当地写出；把"怒吼吧""祖国""原野""咆哮"……凑到一块儿，并不算尽了职责！我们的文字是心中制炼出来的言语，不是随便东拾一字，西抄一词的"富贵衣"。小说注重描写，描写仗着文字，那么，我们的文字就须是以我们的心钻入某人某事某景的心中而掏出来的东西。这样，每个字都有它的灵魂，都有它必定应当存在的地方；哪个字都有用，只看我们怎样去用。若是以为只有"怒吼吧""祖国"……才是"文艺字"，那我们只好终日怒吼，而写不成小说了！文字是我们的工具，不是我们的主人。假若我们不下一番工夫，不去想而信笔一挥，我们就只好拾些破铜烂铁而以为都是金子了。

（原载一九四二年六月二十日《文学修养》第一期）

我怎样写《小坡的生日》

离开伦敦，我到大陆上玩了三个月，多半的时间是在巴黎。在巴黎，我很想把马威调过来，以巴黎为背景续成《二马》的后半。只是想了想，可是：凭着几十天的经验而动笔写像巴黎那样复杂的一个城，我没那个胆气。我希望在那里找点事做，找不到；马威只好老在逃亡吧，我既没法在巴黎久住，他还能在那里立住脚么！

离开欧洲，两件事决定了我的去处：第一，钱只够到新加坡的；第二，我久想看看南洋。于是我就坐了三等舱到新加坡下船。为什么我想看看南洋呢？因为想找写小说的材料，像康拉德的小说中那些材料。不管康拉德有什么民族高下的偏见没有，他的著作中的主角多是白人；东方人是些配角，有时候只在那儿做点缀，以便增多一些颜色——景物的斑斓还不够，他还要各色的脸与服装，做成个"花花世界"。我也想写这样的小说，可是以中国人为主角，康拉德有时候把南洋写成白人的毒物——征服不了自然便被自然吞噬，我要写的恰与此相反，事实在那儿摆着呢：南洋的开发设若没有中国人行吗？中国人能忍受最大的苦处，中国人能抵抗一切疾痛：毒蟒猛虎所盘踞的荒林被中国人铲平，不毛之地被中国人种满了菜蔬。中国人不怕死，因为他晓得怎样应付环境，怎样活着。中国人不悲观，因为他懂得忍耐而不惜力气。他坐着多么破的船也敢冲风破浪往海外去，赤着脚，空着拳，只凭那口气与那点天赋的聪明，若能再有点好运，他便能在几年之间成个财主。自然，他也有好多毛病与缺欠，可是南洋之所以为南洋，显然的大部分是中国人的成绩。国内人只知道在南洋容易挣钱，而华侨都是胖胖的财主，所以凡有点势力的人就派个代表在那儿募捐。只知道要钱，不晓得华侨所受的困苦，更想不到怎样去帮忙。另有一些人以为华侨是些在国内无法生存而到国外碰运气的，一伸手也许摸着个金矿，马上便成百万之富。这样的人是因为轻视自己所以也忽略了中国人能力的伟大。还有些人以为华侨漫无组织，所以今天暴富而富得不得其道，明天忽然失败又正自理当如此；说这样现成话的人是只看见了华侨的短处，而忘了国家对这些在海外冒险的人可曾有过帮助与指导没有。华侨的失败也就是国家的失败。无论怎样吧，我想写南洋，写中国人的伟大；即使仅能写成个罗曼司，南洋的颜色也正是艳丽无匹的。

可是，这有三件必须预备的事：第一，得在城市中研究经济的情形。第二，到内地观察老华侨的生活，并探听他们的历史。第三，得学会广东话，福建话，与马来话。哎呀，这至少须花费几年的工夫呀！我恰巧花费不起这么多的工夫。我找不到相当的事做。只能在中学里去教书，而教书就把我拴在了一个地方，时间与金钱都不许我到各处去观察。我的心慢慢凉起来。我是在新加坡教书，假若我想到别的地方去看看，除非是我能在别处找到教书的机会，机会哪能那么容易得呢？即使有机会，还不是仍得教书，钱不够花而时间不属于我？我没办法。我的梦想眼看着将永成为梦想了。

打了个大大的折扣，我开始写《小坡的生日》。我爱小孩，我注意小孩子们的行动。在新加坡，我虽没工夫去看成人的活动，可是街上跑来跑去的小孩，各种各色的小孩，是有意思的，可以随时看到的。下课之后，立在门口，就可以看到一两个中国的或马来的小儿在林边或路畔玩耍。好吧，我以小人儿们做主人翁来写出我所知道的南洋吧——恐怕是最小最小的那个南洋吧！

上半天完全消费在上课与改卷子上。下半天太热。非四点以后不能做什么。我只能在晚饭后写一点。一边写一边得驱逐蚊子，而老鼠与壁虎的捣乱也使我心中不甚太平，况且在热带的晚间独抱一灯，低着头写字，更仿佛有点说不过去：屋外的虫声，林中吹来的湿而微甜的晚风，道路上印度人的歌声，妇女们木板鞋的轻响，都使人觉得应到外边草地上去，卧看星天，永远不动一动。这地方的情调是热与软，它使人从心中觉到不应当作什么。我呢，一气写出一千字已极不容易，得把外间的一切都忘了才能把笔放在纸上。这需要极大的注意与努力，结果，写一千来字已是筋疲力尽，好似打过一次交手仗。朋友们稍微点点头，我就放下笔，随他们去到林边的一间门面的茶馆去喝咖啡了。从开始写直到离开此地，至少有四个整月，我一共才写成四万字，没法儿再快。这本东西通体有六万字，那末后两万是在上海郑西谛兄家中补成的。

以小孩为主人翁，不能算作童话。可是这本书的后半又全是描写小孩的梦境，让猫狗们也会说话，仿佛又是个童话。此书的形式因此极不完整：非大加删改不可。前半虽然是描写小孩，可是把许多不必要的实景加进去；后半虽是梦境，但也时时对南洋的事情做小小的讽刺。总而言之，这是幻想与写实夹杂在一处，而成了个四不像了。这个毛病是因为我是脚踩两只船：既舍不得小孩的天真，又舍不得我心中那点不属于儿童世界的思想。我愿与小孩们一同玩耍，又忘不了我是大人。这就糟了。可是，写着写着……这个忘掉，而沉醉在小孩的世界里，大概……地方就是这当我忘了我是成人的……候我是那么拿不定主意；可……是因为别的，是因为我深喜自己……已经三十多岁了。

最使我得意的地方是文字的浅明……日》，我才真明白了白话的力量；我敢用……儿童的话，描写一切了。我没有算过，《小城……到底用了多少字；可是它给我一点信心，就是……的一千个字也能写出很好的文章。我相信这个，……恨"迷惘而苍凉的沙漠般的故城哟"这种句子。有人……说我的文字缺乏书生气，太俗，太贫，近于车夫走卒的话……我一点也不以此为耻！

在上海写完了，就手儿便把它交给了西谛，还在《小说月报》发表。登完，单行本已打好底版，被"一·二八"的大火烧掉；所以在去年才又交给生活书店印出来。

希望还能再写一两本这样的小书，写这样的书使我觉得年轻，使我快活；我愿永远做"孩子头儿"。对过去的一切，我不十分敬重；历史中没有比我们正在创造的这一段更有价值的。我爱孩子，他们是光明，他们是历史的新页，印着我们

所不知道的事儿——我们只能向那里望一望，可也就够痛快的了，那里是希望。

得补上一些。在到新加坡以前我还写过一本东西呢。在大陆上写了些，在由马赛到新加坡的船上写了些，一共写了四万多字。到了新加坡，我决定抛弃了它，书名是"大概如此"。

为什么中止了呢？慢慢地讲吧。这本书和《二马》差不多，也是写在伦敦的中国人。内容可是没有《二马》那么复杂，只有一男一女。男的穷而好学，女的富而遭了难。穷男人救了富女的，自然喽跟着就得恋爱。男的是真落于情海中，女的只拿爱作为一种应酬与报答，结果把男的毁了。文字写得并不错，可是我不满意这个题旨。设若我还住在欧洲，这本书一定能写完。可是我来到新加坡，新加坡使我看不起这本书了。在新加坡，我是在一个中学里教几点钟国文。我教的学生差不多都是十五六岁的小人儿们。他们所说的，和他们在作文时所写的，使我惊异。他们在思想上的激进，和所要知道的问题，是我在国外的学校五年中所未遇到过的。不错，他们是很浮浅；但是他们的言语行动都使我不敢笑他们，而开始觉到新的思想是在东方，不是在西方。在英国，我听过最激烈的讲演，也知道有专门售卖所谓带危险性书籍的铺子。但是大概的说来，这些激烈的言论与文字只是宣传，而且对普通人很少影响。学校里简直听不到这个。大学里特设讲座，讲授政治上经济上的最新学说与设施；可是这只限于讲授与研究，并没成为什么运动与主义；大多数的将来的硕士博士还是叼着烟袋谈"学生生活"，几乎不晓得世界上有什么毛病与缺欠。新加坡的中学生设若与伦敦大学的学生谈一谈，满可以把大学生说得瞪了眼，自然大学生可别刨根问底地细问。

有件小事很可以帮助说明我的意思：有一天，我到图书馆里去找本小说念，找到了本梅·辛克来（May Sinclair）的Arnold Waterlow（阿诺德·沃特洛）。别的书都带着"图书馆气"，污七八黑的；只有这本是白白的，显然的没人借读过。我很纳闷，馆中为什么买这么一本书呢？我问了问，才晓得馆中原是去买大家所知道的那个辛克来（Upton Sinclair）的著作，而错把这位女写家的作品买来，所以谁也不注意它。我明白了！以文笔来讲，男辛克来的是低等的新闻文学，女辛克来的是热情与机智兼具的文艺。以内容言，男辛克来的是做有目的的宣传，而女辛克来只是空洞的反抗与破坏。女辛克来在西方很有个名声，而男辛克来在东方是圣人。东方人无暇管文艺，他们要炸弹与狂呼。西方的激烈思想似乎是些好玩的东西，东方才真以它为宝贝。新加坡的学生差不多都是家中很有几个钱的，可是他们想打倒父兄，他们捉住一些新思想就不再松手，甚至于写这样的句子："自从母亲流产我以后"——他爱"流产"，而不惜用之于己身，虽然他已活了十六七岁。

在今日而想明白什么叫作革命，只有到东方来，因为东方民族是受着人类所有的一切压迫；从哪儿想，他都应当革命。这就无怪乎英国中等阶级的儿女根本不想天下大事，而新加坡中等阶级的儿女除了天下大事什么也不想了。虽然光想天下大事，而永远不肯交作文与算术演草簿的小人儿们也未必真有什么用处，可是这种现象到底是应该注意的。我一遇见他们，就没法不中止写"大概如此"了。一到新加坡，我的思想猛的前进了好几丈，不能再写爱情小说了！这个，也就使我决定赶快回国来看看了。

我怎样写《骆驼祥子》

从何月何日起，我开始写《骆驼祥子》？已经想不起来了。我的抗战前的日记已随同我的书籍全在济南失落，此事恐永无对证矣。

这本书和我的写作生活有很重要的关系。在写它以前，我总是以教书为正职，写作为副业，从《老张的哲学》起到《牛天赐传》止，一直是如此。这就是说，在学校开课的时候，我便专心教书，等到学校放寒暑假，我才从事写作。我不甚满意这个办法。因为它使我既不能专心一志地写作，而又终年无一日休息，有损于健康。在我从国外回到北平的时候，我已经有了去做职业写家的心意；经好友们的谆谆劝告，我才就了齐鲁大学的教职。在齐大辞职后，我跑到上海去，主要的目的是在看看有没有做职业写家的可能。那时候，正是"一·二八"以后，书业不景气，文艺刊物很少，沪上的朋友告诉我不要冒险。于是，我就接了山东大学的聘书。我不喜欢教书，一来是我没有渊博的学识，时时感到不安；二来是即使我能胜任，教书也不能给我像写作那样的愉快。为了一家子的生活，我不敢独断独行地丢掉了月间可靠的收入，可是我的心里一时一刻也没忘掉尝一尝职业写家的滋味。

事有凑巧，在"山大"教过两年书之后，学校闹了风潮，我便随着许多位同事辞了职。这回，我既不想到上海去看看风向，也没同任何人商议，便决定在青岛住下去，专凭写作的收入过日子。这是"七七"抗战的前一年。《骆驼祥子》是我做职业写家的第一炮。这一炮要放响了，我就可以放胆地做下去，每年预计着可以写出两部长篇小说来。不幸这一炮若是不过火，我便只好再去教书，也许因为扫兴而完全放弃了写作。所以我说，这本书和我的写作生活有很重要的关系。

记得是在一九三六年春天吧，"山大"的一位朋友跟我闲谈，随便地谈到他在北平时曾用过一个车夫。这个车夫自己买了车，又卖掉，如此三起三落，到末了还是受穷。听了这几句简单的叙述，我当时就说："这颇可以写一篇小说。"紧跟着，朋友又说：有一个车夫被军队抓了去，哪知道，转祸为福，他乘着军队移动之际，偷偷地牵回三匹骆驼回来。

这两个车夫都姓什么？哪里的人？我都没问过。我只记住了车夫与骆驼。这便是骆驼祥子的故事的核心。

从春到夏，我心里老在盘算，怎样把那一点简单的故事扩大，成为一篇十多万字的小说。

不管用得着与否？我首先向齐铁恨先生打听骆驼的生活习惯。齐先生生长在北平的西山，山下有许多家养骆驼的。得到他的回信，我看出来，我须以车夫为主，骆驼不过是一点陪衬，因为假若以骆驼为主，恐怕我就须到"口外"去一趟，看看草原与骆驼的情景了。若以车夫为主呢，我就无须到口外去，而随时随处可以观察。这样，我便把骆驼与祥子结合到一处，而骆驼只负引出祥子的责任。

怎么写祥子呢？我先细想车夫有多少种，好给他一个确定的地位。把他的地位确定了，我便可以把其余的各种车夫顺手儿叙述出来；以他为主，以他们为宾，既有中心人物，又有他的社会环境，他就可以活起来了。换言之，我的眼一时一刻也不离开祥子；写别的人正可以烘托他。

车夫们而外，我又去想，祥子应该租赁哪一车主的车，和拉过什么样的人。这样，我便把他的车夫社会扩大了，而把比他的地位高的人也能介绍进来。可是，这些比他高的人物，也还是因祥子而存在故事里，我决定不许任何人夺去祥子的主角地位。

有了人，事情是不难想到的。人既以祥子为主，事情当然也以拉车为主。只要我教一切的人都和车发生关系，我便能把祥子拴住，像把小羊拴在草地上的柳树下那样。

可是，人与人，事与事，虽以车为联系，我还感觉着不易写出车夫的全部生活来。于是，我还再去想：刮风云，车夫怎样？下雨天，车夫怎样？假若我能把这些细琐的遭遇写出来，我的主角便必定能成为一个最真确的人，不但吃的苦、喝的苦，连一阵风、一场雨，也给他的神经以无情的苦刑。

由这里，我又想到，一个车夫也应当和别人一样的有那些吃喝而外的问题。他也必定有志愿，有性欲，有家庭和儿女。对这些问题，他怎样解决呢？他是否能解决呢？这样一想，我所听来的简单的故事便马上变成了一个社会那么大。我所要观察的不仅是车夫的一点点的浮现在衣冠上的、表现在言语与姿态上的那些小事情了，而是要由车夫的内心状态观察到地狱究竟是什么样子。车夫的外表上的一切，都必有生活与生命上的根据。我必须找到这个根源，才能写出个劳苦社会。

由一九三六年春天到夏天，我入了迷似的去搜集材料，把祥子的生活与相貌变换过不知多少次——材料变了，人也就随着变。

到了夏天，我辞去了"山大"的教职，开始把祥子写在纸上。因为酝酿的时期相当的长，搜集的材料相当的多，拿起笔来的时候我并没感到多少阻碍。一九三七年一月，"祥子"开始在《宇宙风》上出现，作为长篇连载。当发表第一段的时候，全部还没有写完，可是通篇的故事与字数已大概的有了准谱儿，不会有很大的出入。假若没有这个把握，我是不敢一边写一边发表的。刚刚入夏，我将它写完，共二十四段，恰合《宇宙风》每月要两段，连载一年之用。

当我刚刚把它写完的时候，我就告诉了《宇宙风》的编辑：这是一本最使我自己满意的作品。后来，刊印单行本的时候，书店即以此语嵌入广告中。它使我满意的地方大概是：（一）故事在我心中酝酿得相当的长久，收集的材料也相当的多，所以一落笔便准确，不蔓不枝，没有什么敷衍的地方。（二）我开始专以写作为业，一天到晚心中老想着写作这一回事，所以虽然每天落在纸上的不过是一二千字，可是在我放下笔的时候，心中并没有休息，依然是在思索；思索的时候长，笔尖上便能滴出血与泪来。（三）在这故事刚一开头的时候，我就决定抛开幽默而正正经经地去写。在往常，每逢遇到可以幽默一下的机会，我就必抓住它不放手。有时候，事情本没什么可笑之处，我也要运用俏皮的言语，勉强地使它带上点幽默味道。这，往好里说，足以使文字活泼有趣；往坏里说，就往往招人讨厌。《祥子》里没有这个毛病。即使它还未能完全排除幽默，可是它的幽默是出自事实本身的可笑，而不是由文字里硬挤出来的。这一决定，使我的作风略有改变，教我知道了只要材料丰富，心中有话可说，就不必一定非幽默不足叫好。（四）既决定了不利用幽默，也就自然地决定了文字要极平易，澄清如无波的湖水。因为要求平易，我就注意到如何在平易中而不死板。恰好，在这时候，好友顾石君先生供给了我许多北平口语中的字和词。在平日，我总以为这些词汇是有音无字的，所以往往因写不出而割爱。现在，有了顾先生的帮助，我的笔下就丰富了许多，而可以从容调动口语，给平易的文字添上些亲切、新鲜、恰当、活泼的味儿。因此，《祥子》可以朗诵。它的言语是活的。

《祥子》自然也有许多缺点。使我自己最不满意的是收尾收得太慌了一点。因为连载的关系，我必须整整齐齐地写成二十四段；事实上，我应当多写两三段才能从容不迫地刹住。这，可是没法补救了，因为我对已发表过的作品是不愿再加修改的。

《祥子》的运气不算很好：在《宇宙风》上登刊到一半就遇上"七七"抗战。《宇宙风》何时在沪停刊，我不知道；所以我也不知道，《祥子》全部登完过没有。后来，《宇宙风》社迁到广州，首先把《祥子》印成单行本。可是，据说刚刚印好，广州就沦陷了，《祥子》便落在敌人的手中。《宇宙风》又迁到桂林，《祥子》也又得到出版的机会，但因邮递不便，在渝蓉各地就很少见到它。后来，文化生活出版社把纸型买过来，它才在大后方稍稍活动开。

　　近来，《祥子》好像转了运，据友人报告，它已被译成俄文、日文与英文。

（原载一九四五年七月《青年知识》第一卷第二期）

我怎样写《老张的哲学》

七月七刚过去，老牛破车的故事不知又被说过多少次；儿女们似睡非睡地听着；也许还没有听完，已经在梦里飞上天河去了；第二天晚上再听，自然还是怪美的。但是我这个老牛破车，却与"天河配"没什么关系，至多也不过是迎时当令的取个题目而已；即使说我贴"谎报"，我也犯不上生气。最合适的标题似乎应当是"创作的经验"，或是"创作十本"，因为我要说的都是关系过去几年中写作的经验，而截至今日，我恰恰发表过十本作品。是的，这俩题目都好。可是，比上老牛破车，它们显然的缺乏点儿诗意。再一说呢，所谓创作，经验，等等都比老牛多着一些"吹"；谦虚是不必要的，但好吹也总得算个毛病。那末，咱们还是老牛破车吧。

　　除了在学校里练习作文作诗，直到我发表《老张的哲学》以前，我没写过什么预备去发表的东西，也没有那份儿愿望。不错，我在南开中学教书的时候曾在校刊上发表过一篇小说；可是那不过是为充个数儿，连"国文教员当然会写一气"的骄傲也没有。我一向爱文学，要不然也当不上国文教员；但凭良心说，我教国文只为吃饭；教国文不过是且战且走，骑马找马；我的志愿是在做事——那时候我颇自信有些做事的能力，有机会也许能做做国务总理什么的。我爱文学，正如我爱小猫小狗，并没有什么精到的研究，也不希望成为专家。设若我继续着教国文，说不定二年以后也许被学校辞退；这虽然不足使我伤心，可是万一当时补不上国务总理的缺，总该有点不方便。无论怎说吧，一直到我活了二十七岁的时候，我做梦也没想到我可以写点东西去发表。这也就是我到如今还不自居为"写家"的原因，现在我还希望去做事，哪怕先做几年部长呢，也能将就。

　　二十七岁出国。为学英文，所以念小说，可是还没想起来写作。到异乡的新鲜劲儿渐渐消失，半年后开始感觉寂寞，也就常常想家。从十四岁就不住在家里，此处所谓"想家"实在是想在国内所知道的一切。那些事既都是过去的，想起来便像一些图画，大概那色彩不甚浓厚的根本就想不起来了。这些图画常在心中来往，每每在读小说的时候使我忘了读的是什么，而呆呆地忆及自己的过去。小说中是些图画，记忆中也是些图画，为什么不可以把自己的图画用文字画下来呢？我想拿笔了。

但是，在拿笔以前，我总得有些画稿子呀。那时候我还不知道世上有小说作法这类的书，怎办呢？对中国的小说我读过唐人小说和《儒林外史》什么的，对外国小说我才念了不多，而且是东一本西一本，有的是名家的著作，有的是女招待嫁皇太子的梦话。后来居上，新读过的自然有更大的势力，我决定不取中国小说的形式，可是对外国小说我知道的并不多，想选择也无从选择起。好吧，随便写吧，管它像样不像样，反正我又不想发表。况且呢，我刚读了 Nicholas Nickleby（《尼考拉斯·尼柯尔贝》）和 Pickwick Papers（《匹克威克外传》）等杂乱无章的作品，更足以使我大胆放野；写就好，管它什么。这就决定了那想起便使我害羞的《老张的哲学》的形式。

形式是这样决定的；内容呢，在人物与事实上我想起什么就写什么，简直没有个中心；这是初买来摄影机的办法，到处照相，热闹就好，谁管它歪七扭八，哪叫作取光选景！浮在记忆上的那些有色彩的人与事都随手取来，没等把它们安置好，又去另拉一批，人挤着人，事挨着事，全喘不过气来。这一本中的人与事，假如搁在今天写，实在够写十本的。

在思想上，那时候我觉得自己很高明，所以毫不客气地叫作"哲学"。哲学！现在我认明白了自己：假如我有点长处的话，必定不在思想上。我的感情老走在理智前面，我能是个热心的朋友，而不能给人以高明的建议。感情使我的心跳得快，因而不假思索便把最普通的、浮浅的见解拿过来，作为我判断一切的准则。在一方面，这使我的笔下常常带些感情；在另一方面，我的见解总是平凡。自然，有许多人以为文艺中感情比理智更重要，可是感情不会给人以远见；它能使人落泪，眼泪可有时候是非常不值钱的。故意引人落泪只足招人讨厌。凭着一点浮浅的感情而大发议论，和醉鬼借着点酒力瞎叨叨大概差不很多。我吃了这个亏，但在十年前我并不这么想。

假若我专靠着感情，也许我能写出有相当伟大的悲剧，可是我不彻底；我一方面用感情哑摸世事的滋味，一方面我又管束着感情，不完全以自己的爱憎判断。这种矛盾是出于找个人的性格与环境。我自幼便是个穷人，在性格上又深受我母亲的影响——她是个愣挨饿也不肯求人的，同时对别人又是很义气的女人。穷，使我好骂世；刚强，使我容易以个人的感情与主张去判断别人；义气，使我对别人有点同情心。有了这点分析，就很容易明白为什么我要笑骂，而又不赶尽杀绝。我失了讽刺，而得到幽默。据说，幽默中是有同情的。我恨坏人，可是坏人也有好处；我爱好人，而好人也有缺点。"穷人的狡猾也是正义"，还是我近来的发现；在十年前我只知道一半恨一半笑地去看世界。

有人说，《老张的哲学》并不幽默，而是讨厌。我不完全承认，也不完全否认，这个。有的人天生的不懂幽默；一个人一个脾气，无须再说什么。有的人急于救世救国救文学，痛恨幽默；这是师出有名，除了太专制一些，尚无大毛病。不过这两种人说我讨厌，我不便为自己辩护，可也不便马上抽自己几个嘴巴。有的人理会得幽默，而觉得我太过火，以至于讨厌。我承认这个。前面说过了，我初写小说，只为写着玩玩，并不懂何为技巧，哪叫控制。我信口开河，抓住一点，死不放手，夸大了还要夸大，而且津津自喜，以为自己的笔下跳脱畅肆。讨厌？当然的。

大概最讨厌的地方是那半白半文的文字。以文字要俏本来是最容易流于耍贫嘴的，可是这个诱惑不易躲避；一个局面或事实可笑，自然而然在描写的时候便顺手加上了招笑的文字，以助成那夸张的陈述。适可而止，好不容易。在发表过两三本小说后，我才明白了真正有力的文字——即使是幽默的——并不在乎多说废话。虽然如此，在实际上我可是还不能完全除掉那个老毛病。写作是多么难的事呢，我只能说我还在练习；过勿惮改，或者能有些进益；拍着胸膛说，"我这是杰作呀！"我永远不敢，连想一想也不敢。"努力"不过足以使自己少红两次脸而已。

够了，关于《老张的哲学》怎样成形的不要再说了。

写成此书，大概费了一年的工夫。闲着就写点，有事便把它放在一旁，所以漓漓拉拉地延长到一年；若是一气写下，本来不需要这么多的时间。写的时候是用三个便士一本的作文簿，钢笔横书，写得不甚整齐。这些小事足以证明我没有大吹大擂地通电全国——我在著作；还是那句话，我只是写着玩。写完了，许地山兄来到伦敦；一块儿谈得没有什么好题目了，我就掏出小本给他念两段。他没给我什么批评，只顾了笑。后来，他说寄到国内去吧。我倒还没有这个勇气；即使寄去，也得先修改一下。可是他既不告诉我哪点应当改正，我自然闻不见自己的脚臭；于是马马虎虎就寄给了郑西谛兄——并没挂号，就那么卷了一卷扔在邮局。两三个月后，《小说月报》居然把它登载出来，我到中国饭馆吃了顿"杂碎"，作为犒赏三军。欲知后事如何，且听下回分解。

我怎样写《赵子曰》

我只知道《老张的哲学》在《小说月报》上发表了，和登完之后由文学研究会出单行本。至于它得了什么样的批评，是好是坏，怎么好和怎么坏，我可是一点不晓得。朋友们来信有时提到它，只是提到而已，并非批评；就是有批评，也不过三言两语。写信问他们，见到什么批评没有，有的忘记回答这一点，有的说看到了一眼而未能把所见到的保存起来，更不要说给我寄来了。我完全是在黑暗中。

不过呢，自己的作品用铅字印出来总是件快事，我自然也觉得高兴。《赵子曰》便是这点高兴的结果，也可以说《赵子曰》是"老张"的尾巴。自然，这两本东西在结构上，人物上，事实上，都有显然的不同；可是在精神上实在是一贯的。

没有"老张"，绝不会有"老赵"。"老张"给"老赵"开出了路子来。在当时，我既没有多少写作经验；又没有什么指导批评，我还没见到"老张"的许多短处。它既被印出来了，一定是很不错，我想。怎么不错呢？这很容易找出；找自己的好处还不容易吗！我知道"老张"很可笑，很生动；好了，照样再写一本就是了。于是我就开始写《赵子曰》。

材料自然得换一换："老张"是讲些中年人们，那么这次该换些年轻的了。写法可是不用改，把心中记得的人与事编排到一处就行。"老张"是揭发社会上那些我所知道的人与事，"老赵"是描写一群学生。不管是谁与什么吧，反正要写得好笑好玩；一回吃出甜头，当然想再吃；所以这两本东西是同窝的一对小动物。

可是，这并不完全正确。怎么说呢？"老张"中的人多半是我亲眼看见的，其中的事多半是我亲身参加过的；因此，书中的人与事才那么拥挤纷乱；专凭想象是不会来得这么方便的。这自然不是说，此书中的人物都可以一一的指出，"老张"是谁谁，"老李"是某某。不，绝不是！所谓"真"，不过是大致地说，人与事都有个影子，而不是与我所写的完全一样。它是我记忆中的一个百货店，换了东家与字号，即使还卖那些旧货，也另经摆列过了。其中顶坏的角色也许长得像我所最敬爱的人；就是叫我自己去分析，恐怕也没法做到一个萝卜一个坑儿。不论怎样吧，为省事起见，我们暂且笼统地说"老张"中的人与事多半是真实的。赶到写《赵子曰》的时节，本想还照方抓一剂，可是材料并不这么方便了。所以只换换材料的话不完全正确。这就是说：在动机上相同，而在执行时因事实的困难使它们不一样了。

在写"老张"以前，我已做过六年事，接触的多半是与我年岁相同和中年人。我虽没想到去写小说，可是时机一到，这六年中的经验自然是极有用的。这成全了"老张"，但委屈了《赵子曰》，因为我在一方面离开学生生活已六七年，而在另一方面这六七年中的学生已和我做学生时候的情形大不相同了，即使我还清楚地记得自己的学校生活也无补于事。"五四"把我与"学生"隔开。我看见了五四运动，而没在这个运动里面，我已做了事。是的，我差不多老没和教育事业断缘，可是到底对于这个大运动是个旁观者。看戏的无论如何也不能完全明白演戏的，所以《赵子曰》之所以为《赵子曰》，一半是因为我立意要幽默，一半是因为我是个看戏的。我在"招待学员"的公寓里住过，我也极同情于学生们的热烈与活动，可是我不能完全把自己当作个学生，于是我在解放与自由的声浪中，在严重而混乱的场面中，找到了笑料，看出了缝子。在今天想起来，我之立在五四运动外面使我的思想吃了极大的亏，《赵子曰》便是个明证，它不鼓舞，而在轻搔新人物的痒痒肉！

　　有了这点说明，就晓得这两本书的所以不同了。"老张"中事实多，想象少；《赵子曰》中想象多，事实少。"老张"中纵有极讨厌的地方，究竟是与真实相距不远；有时候把一件很好的事描写得不堪，那多半是文字的毛病；文字把我拉了走，我收不住脚。至于《赵子曰》，简直没多少事实，而只有些可笑的体态，像些滑稽舞。小学生看了能跳着脚笑，它的长处止于此！我并不是幽默完又后悔；真的，真正的幽默确不是这样，现在我知道了，虽然还是眼高手低。

　　此中的人物只有一两位有个真的影子，多数的是临时想起来的；好的坏的都是理想的，而且是个中年人的理想，虽然我那时候还未到三十岁。我自幼贫穷，做事又很早，我的理想永远不和目前的事实相距很远，假如使我设想一个地上乐园，大概也和那初民的满地流蜜，河里都是鲜鱼的梦差不多。贫人的空想大概离不开肉馅馒头，我就是如此。明乎此，才能明白我为什么有说有笑，好讽刺而并没有绝高的见解。因为穷，所以做事早；做事早，碰的钉子就特别的多；不久，就成了中年人的样子。不应当如此，但事实上已经如此，除了酸笑还有什么办法呢？！

　　前面已经提过，在立意上，《赵子曰》与"老张"是鲁卫之政，所以《赵子曰》的文字还是——往好里说——很挺拔利落。往坏里说呢，"老张"所有的讨厌，"老赵"一点也没减少。可是，在结构上，从《赵子曰》起，一步一步的确是有了进步，因为我读的东西多了。《赵子曰》已比"老张"显着紧凑了许多。

这本书里只有一个女角，而且始终没露面。我怕写女人；平常日子见着女人也老觉得拘束。在我读书的时候，男女还不能同校；在我做事的时候，终日与些中年人在一处，自然要假装出稳重。我没机会交女友，也似乎以此为荣。在后来的作品中虽然有女角，大概都是我心中想出来的，而加上一些我所看到的女人的举动与姿态；设若有人问我：女子真是这样吗？我没法不摇头，假如我不愿撒谎的话。《赵子曰》中的女子没露面，是我最诚实的地方。

这本书仍然是用极贱的"练习簿"写的，也经过差不多一年的工夫。写完，我交给宁恩承兄先读一遍，看看有什么错；他笑得把盐当作了糖，放到茶里，在吃早饭的时候。

我怎样写《二马》

《二马》中的细腻处是在《老张的哲学》与《赵子曰》里找不到的，"张"与"赵"中的泼辣恣肆处从《二马》以后可是也不多见了。人的思想不必一定随着年纪而往稳健里走，可是文字的风格差不多是"晚节渐于诗律细"的。读与作的经验增多，形式之美自然在心中添了分量，不管个人愿意这样与否。《二马》是我在国外的末一部作品：从"作"的方面说，已经有了些经验；从"读"的方面说，我不但读得多了，而且认识了英国当代作家的著作。心理分析与描写工细是当代文艺的特色；读了它们，不会不使我感到自己的粗劣，我开始决定往"细"里写。

《二马》在一开首便把故事最后的一幕提出来，就是这

"求细"的证明：先有了结局，自然是对故事的全盘设计已有了个大概，不能再信口开河。可是这还不十分正确；我不仅打算细写，而且要非常的细，要像康拉德那样把故事看成一个球，从任何地方起始它总会滚动的。我本打算把故事的中段放在最前面，而后倒转回来补讲前文，而后再由这里接下去讲——讲马威逃走以后的事。这样，篇首的两节，现在看起来是像尾巴，在原来的计画中本是"腰眼儿"。为什么把腰眼儿变成了尾巴呢？有两个原因：第一个是我到底不能完全把幽默放下，而另换一个风格，于是由心理的分析又走入了姿态上的取笑，笑出以后便没法再使文章萦回逗宕；无论是尾巴吧，还是腰眼吧，放在前面乃全无意义！第二个是时间上的关系：我应在一九二九年的六月离开英国，在动身以前必须把这本书写完寄出去，以免心中老存着块病。时候到了，我只写了那么多，马威逃走以后的事无论如何也赶不出来了，于是一狠心，就把腰眼当作了尾巴，硬行结束。那么，《二马》只是比较的"细"，并非和我的理想一致；到如今我还是没写出一部真正细腻的东西，这或者是天才的限制，没法勉强吧。

在文字上可是稍稍有了些变动。这不能不感激亡友白涤洲——他死去快一年了！已经说过，我在"老张"与《赵子曰》里往往把文言与白话夹裹在一处；文字不一致多少能帮助一些矛盾气，好使人发笑。涤洲是头一个指出这一个毛病，而且劝我不要这样讨巧。我当时还不以为然，我写信给他，说我这是想把文言溶解在白话里，以提高白话，使白话成为雅俗共赏的东西。可是不久我就明白过来，利用文言多少是有点偷懒；把文言与白话中容易用的，现成的，都拿过来，而毫不费力的作成公众讲演稿子一类的东西，不是偷懒吗？所谓文艺创作，不是兼思想与文字二者而言吗？那么，在文字方面就必须努力，作出一种简单的，有力的，可读的，而且美好的文章，才算本事。在《二马》中我开始试验这个。请看看那些风景的描写就可以明白了。《红楼梦》的言语是多么漂亮，可是一提到风景便立刻改腔换调而有诗为证了；我试试看：一个洋车夫用自己的言语能否形容一个晚晴或雪景呢？假如他不能的话，让我代他来试试。什么"潺湲"咧，"凄凉"咧，"幽径"咧，"萧条"咧……我都不用，而用顶俗浅的字另想主意。设若我能这样形容得出呢，那就是本事，反之则宁可不去描写。这样描写出来，才是真觉得了物境之美而由心中说出；用文言拼凑只是修辞而已。论味道，英国菜——就是所谓英法大菜的菜——可以算天下最难吃的了；什么几乎都是白水煮或楞烧。可是英国人有个说法——记得好像 George Gissing（乔治·吉辛）也这么说过——英国人烹调术的王旨是不假其他材料的帮助，而是把肉与蔬菜的原味，真正的香味，烧出来。我以为，用白话著作倒须用这个方法，把白话的真正香味烧出来；文言中的现成字与辞虽一时无法一概弃斥，可是用在白话文里究竟是有些像酱油与味之素什么的；放上去能使菜的色味俱佳，但不是真正的原味儿。

在材料方面，不用说，是我在国外四五年中慢慢积蓄下来的。可是像故事中那些人与事全是想象的，几乎没有一个人一件事曾在伦敦见过或发生过。写这本东西的动机不是由于某人某事的值得一写，而是在比较中国人与英国人的不同处，所以一切人差不多都代表着些什么；我不能完全忽略了他们的个性，可是我更注意他们所代表的民族性。因此，《二马》除了在文字上是没有多大的成功的。其中的人与事是对我所要比较的那点负责，而比较根本是种类似报告的东西。自然，报告能够新颖可喜，假若读者不晓得这些事；但它的取巧处只是这一点，它缺乏文艺的伟大与永久性，至好也不过是一种还不讨厌的报章文学而已。比较是件容易做的事，连个小孩也能看出洋人鼻子高，头发黄；因此也就很难不浮浅。注意在比较，便不能不多取些表面上的差异作资料，而由这些资料里提出判断。脸黄的就是野蛮，与头发卷着的便文明，都是很容易说出而且说着怪高兴的；越是在北平住过一半天的越敢给北平下考语，许多污辱中国的电影，戏剧，与小说，差不多都是仅就表面的观察而后加以主观的判断。《二马》虽然没这样坏，可是究竟也算上了这个当。

老马代表老一派的中国人，小马代表晚一辈的，谁也能看出这个来。老马的描写有相当的成功：虽然他只代表了一种中国人，可是到底他是我所最熟识的；他不能普遍的代表老一辈的中国人，但我最熟识的老人确是他那个样子。他不好，也不怎么坏；他对过去的文化负责，所以自尊自傲，对将来他茫然，所以无从努力，也不想努力。他的希望是老年的舒服与有所依靠；若没有自己的子孙，世界是非常孤寂冷酷的。他背后有几千年的文化，面前只有个儿子。他不大爱思想，因为事事已有了准则。这使他很可爱，也很可恨；很安详，也很无聊。至于小马，我又失败了。前者我已经说过，五四运动对我是个旁观者；在写《二马》的时节，正赶上革命军北伐，我又远远地立在一旁，没机会参加。这两个大运动，我都立在外面，实在没有资格去描写比我小十岁的青年。我们在伦敦的一些朋友天天用针插在地图上：革命军前进了，我们狂喜；退却了，懊丧。虽然如此，我们的消息只来自新闻报，我们没亲眼看见血与肉的牺牲，没有听见枪炮的响声。更不明白的是国内青年们的思想。那时在国外读书的，身处异域，自然极爱祖国；再加上看着外国国民如何对国家的事尽职责，也自然使自己想做个好国民，好像一个中国人能像英国人那样做国民便是最高的理想了。个人的私事，如恋爱，如孝悌，都可以不管，自要能有益于国家，什么都可以放在一旁。这就是马威所要代表的。比这再高一点的理想，我还没想到过。先不用管这个理想高明不高明吧，马威反正是这个理想的产儿。他是个空的，一点也不像个活人。他还有缺点，不尽合我的理想，于是另请出一位李子荣来做补充；所以李子荣更没劲！

对于英国人，我连半个有人性的也没写出来。他们的褊狭的爱国主义决定了他们的罪案，他们所表现的都是偏见与讨厌，没有别的。自然，猛一看过去，他们确是有这种讨厌而不自觉的地方，可是稍微再细看一看，他们到底还不这么狭小。我专注意了他们与国家的关系，而忽略了他们其他的部分。幸而我是用幽默的口气述说他们，不然他们简直是群可怜的半疯子了。幽默宽恕了他们，正如宽恕了马家父子，把褊狭与浮浅消解在笑声中，万幸！

最危险的地方是那些恋爱的穿插，它们极容易使《二马》成为《留东外史》一类的东西。可是我在一动笔时就留着神，设法使这些地方都成为揭露人物性格与民族成见的机会，不准恋爱情节自由的展动。这是我很会办的事，在我的作品中差不多老是把恋爱作为副笔，而把另一些东西摆在正面。这个办法的好处是把我从三角、四角恋爱小说中救出来，它的坏处是使我老不敢放胆写这个人生最大的问题——两性间的问题。我一方面在思想上失之平凡，另一方面又在题材上不敢摸这个禁果，所以我的作品即使在结构上文字上有可观，可是总走不上那伟大之路。三角恋爱永不失为好题目，写得好还是好。像我这样一碰即走，对打八卦拳倒许是好办法，对写小说它使我轻浮，激不起心灵的震颤。

这本书的写成也差不多费了一年的工夫。写几段，我便对朋友们去朗读，请他们批评，最多的时候是找祝仲谨兄去，他是北平人，自然更能听出句子的顺当与否，和字眼的是否妥当。全篇写完，我又托郦堃厚兄给看了一遍，他很细心地把错字都给挑出来。把它寄出去以后——仍是寄给《小说月报》——我便向伦敦说了"再见"。

我怎样写《离婚》

也许这是个常有的经验吧：一个写家把他久想写的文章撂在心里，撂着，甚至于撂一辈子，而他所写出的那些倒是偶然想到的。有好几个故事在我心里已存放了六七年，而始终没能写出来；我一点也不晓得它们有没有能够出世的那一天。反之，我临时想到的倒多半在白纸上落了黑字。在写《离婚》以前，心中并没有过任何可以发展到这样一个故事的"心核"，它几乎是忽然来到而马上成了个"样儿"的。在事前，我本来没打算写个长篇，当然用不着去想什么。邀我写个长篇与我临阵磨刀去想主意正是同样的仓促。是这么回事：《猫城记》在《现代》杂志登完，说好了是由良友公司放入《良友文学丛书》里。我自己知道这本书没有什么好处，觉得它还没资格入这个《丛书》。可是朋友们既愿意这么办，便随它去吧，我就答应了照办。及至事到临期，现代书局又愿意印它了，而良友扑了个空。于是良友的"十万火急"来到，立索一本代替《猫城记》的。我冒了汗！可是我硬着头皮答应下来；知道拼命与灵感是一样有劲的。

这我才开始打主意。在没想起任何事情之前，我先决定了：这次要"返归幽默"。《大明湖》与《猫城记》的双双失败使我不得不这么办。附带的也决定了，这回还得求救于北平。北平是我的老家，一想起这两个字就立刻有几百尺"故都景象"在心中开映。啊！我看见了北平，马上有了个"人"。我不认识他，可是在我二十岁至二十五岁之间我几乎天天看见他。他永远使我羡慕他的气度与服装，而且时时发现他的小小变化：这一天他提着条很讲究的手杖，那一天他骑上自行车——稳稳地溜着马路边儿，永远碰不了行人，也好似永远走不到目的地，太稳，稳得几乎像凡事在他身上都是一种生活趣味的展示。我不放手他了。这个便是"张大哥"。

叫他做什么呢？想来想去总在"人"的上面，我想出许多的人来。我得使"张大哥"统领着这一群人，这样才能走不了板，才不至于杂乱无章。他一定是个好媒人，我想；假如那些人又恰恰的害着通行的"苦闷病"呢？那就有了一切，而且是以各色人等揭显一件事的各种花样，我知道我捉住了个不错的东西。这与《猫城记》恰相反：《猫城记》是但丁的游"地狱"，看见什么说什么，不过是既没有但丁那样的诗人，又没有但丁那样的诗。《离婚》在决定人物时已打好主意：闹离婚的人才有资格入选。一向我写东西总是冒险式的，随写随着发现新事实；即使有时候有个中心思想，也往往因人物或事实的趣味而唱荒了腔。这回我下了决心要把人物都拴在一个木桩上。

这样想好，写便容易了。从暑假前大考的时候写起，到七月十五，我写得了十二万字。原定在八月十五交卷，居然能早了一个月，这是生平最痛快的一件事。天气非常的热——济南的热法是至少可以和南京比一比的——我每天早晨七点动手，写到九点；九点以后便连喘气也很费事了。平均每日写两千字。所余的大后半天是一部分用在睡觉上，一部分用在思索第二天该写的二千来字上。这样，到如今想起来，那个热天实在是最可喜的。能写入了迷是一种幸福，即使所写的一点也不高明。

在下笔之前，我已有了整个计划；写起来又能一气到底，没有间断，我的眼睛始终没离开我的手，当然写出来的能够整齐一致，不至于大嘟噜小块的。匀净是《离婚》的好处，假如没有别的可说的。我立意要它幽默，可是我这回把幽默看住了，不准它把我带了走。饶这么样，到底还有"滑"下去的地方，幽默这个东西——假如它是个东西——实在不易拿得稳，它似乎知道你不能老瞪着眼盯住它，它有机会就跑出去。可是从另一方面说呢，多数的幽默写家是免不了顺流而下以至野调无腔的。那么，要紧的似乎是这个：文艺，特别是幽默的，自要"底气"坚实，粗野一些倒不算什么。Dostoevsky（陀思妥耶夫斯基）的作品——还有许多这样伟大写家的作品——是很欠完整的，可是他的伟大处永不被这些缺欠遮蔽住。以今日中国文艺的情形来说，我倒希望有些顶硬顶粗莽顶不易消化的作品出来，粗野是一种力量，而精巧往往是种毛病。小脚是纤巧的美，也是种文化病，有了病的文化才承认这种不自然的现象，而且称之为美。文艺或者也如此。这么一想，我对《离婚》似乎又不能满意了，它太小巧，笑得带着点酸味！受过教育的与在生活上处处有些小讲究的人，因为生活安适平静，而且以为自己是风流蕴藉，往往提到幽默便立刻说：幽默是含着泪的微笑。其实据我看呢，微笑而且得含着泪正是"装蒜"之一种。哭就大哭，笑就狂笑，不但显出一点真挚的天性，就是在文学里也是很健康的。唯其不敢真哭真笑，所以才含泪微笑；也许这是件很难做到与很难表现的事，但不必就是非此不可。我真希望我能写出些震天响的笑声，使人们真痛快一番，虽然我一点也不反对哭声震天的东西。说真的，哭与笑原是一事的两头儿；而含泪微笑却两头儿都不站。《离婚》的笑声太弱了。写过了六七本十万字左右的东西，我才明白了一点何谓技巧与控制。可是技巧与控制不见得就会使文艺伟大。《离婚》有了技巧，有了控制；伟大，还差得远呢！文艺真不是容易做的东西。我说这个，一半是恨自己的藐小，一半也是自励。

第 三 辑
先学习语文

　　我们必须学点古典文学，但学习的目的是古为今用。我们要从古典文学中学会怎么一字不苟，言简意赅，学会怎么把普通的字用得飘飘欲仙，见出作者的苦心孤诣。这么下一番功夫，是为了把我们的白话文写出风格来，而不是文言与白话随便乱搀，成为杂拌儿。

《红楼梦》并不是梦

我只读过《红楼梦》，而没做过《红楼梦》的研究工作。很自然地，在这里我只能以一个小小的作家身份来谈谈这部伟大的古典著作。我写过一些小说。我的确知道一点，创造人物是多么困难的事。我也知道：不面对人生，无爱无憎，无是无非，是创造不出人物来的。在一部长篇小说里，我若是写出来一两个站得住的人物，我就喜欢得要跳起来。我知道创造人物的困难，所以每逢在给小说设计的时候，总要警告自己：人物不要太多，以免贪多嚼不烂。

看看《红楼梦》吧！它有那么多的人物，而且是多么活生活现、有血有肉的人物啊！它不能不是伟大的作品；它创造出人物，那么多那么好的人物！它不仅是中国的，而且也是世界的，一部伟大的作品！在世界名著中，一部书里能有这么多有性格有形象的人物的实在不多见！对这么多的人物，作者的爱憎是分明的。他关切人生，认识人生，因而就不能无是无非。他给所爱的和所憎的男女老少都安排下适当的事情，使他们行动起来。借着他们的行动，他反映出当时的社会现实。

这是一部伟大的现实主义作品，而绝对不是一场大梦！我们都应当为有这么一部杰作而骄傲！对于运用语言，特别是口语，我有一点心得。我知道这不是一件容易的事。首先要知道：有生活才能有语言。文学作品中的语言必须是由生活里学习来的，提炼出来的。我的生活并不很丰富，所以我的语言也还不够丰富。其次，作品中的人物各有各的性格、思想和感情。因此，人物就不能都说同样的话。虽然在事实上，作者包写大家的语言，可是他必须一会儿是张三，一会儿又是李四。这就是说，他必须和他的人物共同啼笑，共同思索，共同呼吸。只有这样，他才能为每个人物写出应该那么说的话来。若是他平日不深入地了解人生，不同情谁，也不憎恶谁，不辨好坏是非，而光仗着自己的一套语言，他便写不出人物和人物的语言，不管他自己的语言有多么漂亮。

看看《红楼梦》吧！它有多么丰富、生动、出色的语言哪！专凭语言来说，它已是一部了不起的著作。它的人物各有各的语言。它不仅教我们听到一些话语，而且教我们听明白人物的心思、感情；听出每个人的声调、语气；看见人物说话的神情。书中的对话使人物从纸上走出来，立在咱们的面前。它能教咱们一念到对话，不必介绍，就知道那是谁说的。这不仅是天才的表现，也是作者经常关切一切接触到的人，有爱有憎的结果。这样，《红楼梦》就一定不是空中楼阁，一定不是什么游戏笔墨。以上是由我自己的写作经验体会出《红楼梦》的如何伟大。以下，我还是按照写作经验提出一些意见：

一、我反对《红楼梦》是空中楼阁，无关现实的看法：我写过小说，我知道小说中不可能不宣传一些什么。小说中的人物必须有反有正，否则毫无冲突，即无写成一部小说的可能。这是创作的入门常识。既要有正有反，就必有爱有憎。通过对人物的爱憎，作者就表示出他拥护什么，反对什么，也就必然地宣传了一些什么。不这样，万难写出任何足以感动人的东西来。谁能把无是无非，不黑不白的一件事体写成感动人的小说呢？《红楼梦》有是有非，有爱有憎，使千千万万男女落过泪。那么，它就不可能是无关现实、四大皆空的作品。

二、我反对"无中生有"的考证方法：一部文学作品的思想、人物和其他的一切，都清楚地写在作品里。作品中写了多少人物，就有多少人物，别人不应硬给添上一个，或用考证的幻术硬给减少一个。作品里的张三，就是张三，不许别人硬改为李四。同样地，作品中的思想是什么，也不准别人代为诡辩，说什么那本是指东说西，根本是另一种思想，更不许强词夺理说它没有任何思想。一个尊重古典作品的考据家的责任是：以唯物的辩证方法，就作品本身去研究、分析和考证，从而把作品的真正价值与社会意义介绍出来，使人民更了解、更珍爱民族遗产，增高欣赏能力。谁都绝对不该顺着自己的趣味，去"证明"作品是另一个东西，作品中的一切都是假的，只有考证者所考证出来的才是真的。这是破坏民族遗产！这么考来考去，势必最后说出：作品原是一个谜，永远猜它不透！想想看，一部伟大的作品，像《红楼梦》，竟自变成了一个谜！荒唐！我没有写成过任何伟大的作品，但是我决不甘心教别人抹煞我的劳动，管我的作品叫作谜！我更不甘心教我们的古典作品被贬斥为谜！

三、我反对《红楼梦》是作者的自传的看法：我写过小说，我知道无论我写什么，总有我自己在内；我写的东西嘛，怎能把自己除外呢？可是，小说中的哪个人是我自己？哪个人的某一部分是我？哪个人物的一言一行是我自己的？我说不清楚。创作是极其复杂的事。人物创造是极其复杂的综合，不是机械地拼凑。创作永远离不开想象。我的人物的模特儿必定多少和我有点关系。我没法子描写我没看见过的人。可是，你若问：某个人物到底是谁？或某个人物的哪一部分是真的？我也不容易说清楚。当我进入创造的紧张阶段中，就是随着人物走，而不是人物随着我走。我变成他，而不是他变成我，或我的某个朋友。不错，我自己和我的某些熟人都可能在我的小说里，可是，我既写的不是我，也不是我的某些朋友。

我写的是小说。因为它是小说，我就须按照创作规律去创造人物，既不给我写自传，也不给某个友人写传记。你若问我：你的小说的人物是谁？我只能回答：就是小说中的人物。我的作品的成功与否，在于我写出人物与否，不在于人物有什么"底版"。假若我要写我自己，我就写自传，不必写小说。即使我写自传，我写的也不会跟我的一切完全一样，我也必须给自己的全部生活加以选择，剪裁。艺术不是照相。有的"考证家"忘了，或不晓得，创作的规律，所以认为《红楼梦》是自传，从而拼命去找作者与作品中人物的关系，而把《红楼梦》中的人物与人物的关系忘掉，也就忘了从艺术创作上看它如何伟大，一来二去竟自称之为不可解之谜。这不是考证，而是唯心地夹缠。这种"考证"方法不但使"考证家"忘了他的研究对象是什么，而且会使某些读者钻到牛犄角里去——只问《红楼梦》的作者有多少女友，谁是他的太太，而忘了《红楼梦》的社会意义。这是个罪过！

是的，研究作家的历史是有好处的。正如前面提过的，作家在创作的时候，不可能把自己放在作品外边。我们明白了作家的历史，也自然会更了解他的作品。可是，历史包括着作家个人的生活和他的时代生活。我们不应把作家个人的生活从他的时代生活割开，只单纯地剩下他个人的身世。专研究个人的身世，而忘记他的时代，就必出毛病。从个人身世出发，就必然会认为个人的一切都是遗世孤立，与社会现实无关的。这么一来，个人身世中的琐细就都成为奇珍异宝，当作了考证的第一手资料。于是，作家爱吸烟，就被当作确切不移的证据——作品中的某人物不也爱吸烟么？这还不是写作家自己么？这就使考证陷于支离破碎，剥夺了作品的社会意义。过去的这种烦琐考证方法，就这么把研究《红楼梦》本身的重要，转移到摸索曹雪芹的个人身边琐事上边去。一来二去，曹雪芹个人的每一生活细节都变成了无价之宝，只落得《红楼梦》是谜，曹雪芹个人的小事是谜底。我反对这种解剖死人的把戏。我要明白的是《红楼梦》反映了什么现实意义，创造了何等的人物等等，而不是曹雪芹身上长着几颗痣。是时候了，我们的专家应该马上放弃那些猜谜的把戏，下决心去严肃地以马列主义治学的精神学习《红楼梦》和其他的古典文学作品。

（原载一九五四年《人民文学》十二月号）

古为今用

我们都愿意学习点古典文学，以便继承民族传统，推陈出新。在学习中，恐怕我们都可能有这样的经验：一接触了古典著作，我们首先就被著作中的文字之美吸引住，颇愿学上一学。那么，这篇短文就专谈谈从古典著作中学习文字的问题，不多说别的。

文字平庸是个毛病。为医治这个毛病，读些古典文学著作是大有好处的。可是，也有的人正因为读了些古典作品，而文字反倒更平庸了。这是怎么一回事呢？大概是这样：阅读了一些古典诗文，不由地就想借用一些词汇，给自己的笔墨添些色彩。于是，词汇较为丰富了，可是文笔反倒更显着平庸，因为说到什么都有个人云亦云的形容词，大雨必是滂沱的，火光必是熊熊的，溪流必是潺潺的……。这样穿戴着借来的衣帽的文章是很难得出色的。

在另一方面，我们今天的文学工具是白话，不是文言。古典诗文呢，大都用文言，不用白话（《水浒》《红楼梦》等是例外）。那么，由文言诗文借来的词汇，怎样天衣无缝地和白话结合在一处，实在不是一件容易的事。二者结合的不好，必会露出生拉硬扯的痕迹，有损于文章气势的通畅。

因此，我想学习古典文学的文字不应只图多识几个字，多会用几个字，更重要的是由学习中看清楚文学是与创造分不开的。尽管我们专谈文字的运用，也须注意及此。我们一想起韩愈与苏轼，马上也就想起"韩潮苏海"来。这说明我们尊重二家，不因他们的笔墨相同，而因他们各有独创的风格。我们对李白与杜甫的尊重，也是因为他们的光芒虽皆万丈，而又各有千秋。

多识几个字和多会用几个字是有好处的。不过，这个好处很有限，它不会使我们深刻地了解如何创造性地运用文字。本来嘛，不管我们怎样精研古典文学，我们自己写作的工具还是白话——写旧体诗词是例外。这样，我们的学习不能不是摸一摸前人运用文字的底，把前人的巧妙用到我们自己的创作里来。这就是说，我们要求自己以古典文字的神髓来创造新的民族风格，使我们的文字既有民族风格，又有时代的特色。

我们的责任绝对不限于借用几个古雅的词汇。是的，我们须创造自己的文字风格。

因此，我们不要专看前人用了什么字，而更须留心细看他们怎样用字。让我们看看《文心雕龙》里的这几句吧："夫神思方运，万涂竞萌；规矩虚位，刻镂无形，登山则情满于山，观海则意溢于海。我才之多少，将与风云而并驱矣！方其搦翰，气倍辞前；暨乎篇成，半折心始。何则？意翻空而易奇，言征实而难巧也。"写这段话的是个懂得写作甘苦的人。要不然，他不会说得这么透澈。他不但说得透澈，而且把山海风云都调动了来，使文章有气势，有色彩，有形象。这是一段理论文字，可是写的既具体又生动。

我们从这里学习什么呢？是抄袭那些词汇吗？不是的。假若我们不用"拿笔"，而说"搦翰"，便是个笑话。我们应学习这里的怎么字字推敲，怎样以丰富的词汇描绘出我们构思时候的心态，词汇多而不显着堆砌，说道理而并不沉闷。我们应学习这里的句句正确，而又气象万千，风云山海任凭调遣。这使我们看明白：我们是文字的主人，文字不是我们的主人。全部《文心雕龙》的词汇至为丰富。但是专凭词汇，成不了精美的文章。词汇的控制与运用才是本领的所在。我们的词汇比前人的更为丰富，因为我们的词汇既来自口语，又有一部分来自文言，而且还有不少由外国语言移植过来的。可是，我们的笔下往往显着枯窘。这大概是因为我们只着重词汇，而不相信自己。请看这首"诗"吧：

> 初升的朝暾，
>
> 照耀着人间红亮，
>
> 虽然梅蕊初放，
>
> 人们的心房却热得沸腾！

这是一首习作，并不代表什么流派与倾向。可是这足以说明一个问题，就是有的人的确以为用上"朝暾""照耀""梅蕊"与"沸腾"，便可以算作诗了。有的人也这样写散文。他们忽略了文字必须通过我们自己的推敲锤炼，而后才能玉润珠圆。我们用文字表达我们的思想、感情；不以文字表达文字。字典里的文字最多，但字典不是文学作品。

据我猜，陶渊明和桐城派的散文家大概都是饱学之士。可是，陶诗与桐城派散文都是那么清浅朴实，不尚华丽。难道这些饱学之士真没有丰富的词汇，供他们驱使吗？不是的。他们有意地避免藻饰，而独辟风格。可见同是一样的文字，在某甲手里就现出七宝莲台，在某乙手里又朴素如瓜棚豆架。一部文学史里，凡是有成就的作家，在文字上都必有独到之处，自成一家。

　　我们必须学点古典文学，但学习的目的是古为今用。我们要从古典文学中学会怎么一字不苟，言简意赅，学会怎么把普通的字用得飘飘欲仙，见出作者的苦心孤诣。这么下一番功夫，是为了把我们的白话文写出风格来，而不是文言与白话随便乱掺，成为杂拌儿。随便乱掺，文章必定松散无力。这种文章使人一看就看出来，作者的思想、感情，并没有和文字骨肉相关地结合在一起，而是随便凑合起来的。

　　我们要多学习古典文学，为的是写好自己的文章。我们是文字的使用者。通过学习，我们就要推陈出新，给文字使用开辟一条新路，既得民族传统的奥妙，又有我们自己的创造。继承传统绝对不是将就，不是生搬硬套，不是借用几个词汇。我们要在使用文字上有所创造！

　　所谓不将就，即是不随便找个词汇敷衍一下。我们要想，想了再想，以便独出心裁地找到最恰当的字。假若找不到，就老老实实地用普通的字，不必勉强雕饰。这比随便拉来一堆泛泛的修辞要更结实一些。更应当记住，我们既用的是白话，就应当先由白话里去找最恰当的字，看看我们能不能用白话描绘出一段美景或一个生龙活虎的人物。反之，若是一遇到形容，我们就放弃了白话，而求救于文言，随便把"朝暾""暮色"等搬了来，我们的文章便没法子不平庸无力。

　　是的，文言中的词汇用的得当，的确足以叫文笔挺拔，可是也必须留意，生搬硬套便达不到这个目的。语言艺术的大师鲁迅最善于把文言与白话精巧地结合在一处。不知他费了多少心思，才做到驰骋古今，综合中外，自成一家。他对白话与文言的词汇都呕尽心血，精选慎择，一语不苟。他不拼凑文字，而是使文言与白话都听从他的指挥，得心应手，令人叫绝。我们都该用心地阅读他的著作，特别是他的杂文。

至于学习古典文学，目的不仅在借用几个词汇，前边已经说过，这里只须指出：减省自己的一番思索，就削弱了一分创造性。要知道，文言作品中也有陈词滥调，不可不去鉴别。即使不是陈词滥调，也不便拿来就用。我们必须多多地思索。继承古典的传统一定不是为图方便，求省事。想要掌握文字技巧必须下一番真功夫，一点也别怕麻烦。

（原载一九五九年九月《文艺报》第十八期）

谈用字

　　说话要说明白。作文是把话写在纸上，更须把话说明白。一句话是由一些字和词造成的，所以一字一词都要用得正确；要不然，那一句话就不会明白。这样，我们写一句话，不要随便想起哪个字就用哪个字，必须细细去想，哪个字最合适。作文是费脑筋的事。

　　比如说，"上学"和"入学"本来是差不多的，可是它们不完全一样，我们就不好随便地用。"小三儿上学去"是说今天早晨小三儿到学校去；"小三儿入了学"是说他考取了学校，现在已经入了学。这样，一个"上"字和一个"入"字就不能乱用；一乱用，话就不明白正确了。

　　有许多字和词是我们不十分了解的，我们必须小心地去用它们。在用它们以前，我们最好打听明白了，它们到底是什么意思，不能马马虎虎。字面差不多的字眼，须特别留神："联盟"不是"联合"，虽然都有一个"联"字在内，"联络"也跟"联系"不完全相同。我们不能看见别人用了某个字，我们就也去用，除非我们完全明白了那个字的意思。把字用对了，话才能明白。

有时候，字用对了，可是不现成，这也不好。比如说，"行"跟"走"本是一个意思，我们可不能说："我行到东安市场"，在这里"走"字现成，"行"字不像话。赶到我们说"行军"的时候，又必说"行"，而不说"走"，因为"行军"现成，"走军"不现成。现成不现成，就是通大路不通大路；大家都那么说，就现成；只有我们自己那么说，就不现成。我们不能独创语言，语言本是大家伙的。

同样的现成字不止一个，我们还须留心选择哪个最恰当。拿"作""干""搞"三个字来说，它们都是一个意思，而且都很现成，不是僻字。可是，我们要先选择一番，再决定用哪个，不可摸摸脑袋算一个。在"他作事很好"这一句里，"作"最恰当；我们不能说："他干事很好"，或"搞事很好"。在"你要好好的干！"里，"干"就比"作"与"搞"都更有力量。"他把事搞垮了"，"搞"又比"作"与"干"都更恰当。现成的字若用错了地方，就失去现成的好处，反倒别扭了。

照上面所说的，我们知道了用字的困难。克服这困难的办法是要字字想好，一点也不随便。想好了以后，还须再想有没有比这个字更好，更恰当的。这是必须有的训练，我们千万不要怕麻烦。现在我们若不肯下这番苦工夫，以后我们就会吃很大的亏。现在我们费点心思，养成谨慎用字选字的好习惯，以后就享受不尽了。

（原载一九五一年十月二十日《语文学习》创刊号）

土话与普通话

　　从前写作，我爱用北京土话。我总以为土话有劲儿。近二三年来，我改了主张，少用土话，多用普通话。

　　是不是减少了土话，言语就不那么有劲儿了呢？不是的。语言的有力无力，决定于思想是否精辟，感情是否深厚，字句的安排是否得当，而并不专靠一些土话给打气撑腰。

　　北京的土话可能到天津就不大吃得开，更不用说到更远的地方了。这样，贪用土话本为增加表现力，反而适得其反，别处的人看不懂，还有什么表现力可言呢？

　　由历史上看，土话的生命力并不怎么强。您看，元曲中的，和更晚的《红楼梦》中的一些土话已多死去，给我们增加了困难，非做一番考证功夫不能穷其究竟。就是我幼年时代的北京土话，到而今也有很多打入了冷宫的。交通越方便，教育越普及，土话的势力似乎就越小。土话势力越小，普通话的势力就越大，这是好事，也是非常自然的。

　　一个生在某地的作家或演员，极其自然地愿意用本地话或一部分本地话去写作或表演，因为容易写的顺手，演的顺口。用普通话去写作或表演须费更多的事，费了事还不见得写得或说得够味儿。可是，这也就是作家与演员更该努力苦学的地方。我知道，割舍摇笔即来的方言而代之以普通话是不无困难的。可是，我也体会到躲避着局限性很大的方言而代之以多数人能懂的普通话，的确是一种崇高的努力，这种努力不仅在于以牛易羊，换换词汇，而也是要求语言负起更重大的责任。负起语言精纯、语言逐渐统一、语言为越来越多的人服务的责任。

　　　　　　　　　（原载一九五九年《中国语文》九月号）

文章别怕改

文章别怕改。改亦有道：谨据个人经验，说点不一定是窍门的窍门儿。

改有大小，先说小改：写成一篇或一段须检查：有无不必要的"然而""所以"等等，设法删减。这种词儿用得太多，文笔即缺乏简劲，宜加控制。

往往因一字一词欠妥，屡屡改动，总难满意，感到苦闷。对此，应勿老在一两个字上打转转，改改句子吧。改句子，可能躲过那一两个字去。故曰：字改不好，试去改句。同样地，句改不好，则试改那一段。此法用于韵文，更为有利。写韵文，往往因押韵困难，而把"光荣"改为"荣光"，或"雄壮"改为"壮雄"，甚至用"把话云""马走战"来敷衍。其实，改一改全句，颇可以避免此病。

泛泛的形容使文章无力，不如不用。文字有色彩，不仗着多用一些人云亦云的形容，那反叫人家看出作者的想象贫乏。要形容就应力求出色，否则宁可不形容，反觉朴实。

有时候，字句都没有大毛病，而读起来不够味儿。应把全文细读一遍，找出原因。文章正如一件衣服，非处处合适，不能显出风格。一篇文章有个情调，若用字造句不能尽与此情调一致，即难美好。一篇说理的文章，须简洁明确，一篇抒情的文章，须秀丽委婉。我们须朝着文章情调去选字造句，从头至尾韵味一致，不能忽此忽彼。尽管有很好的句子，若与全篇情调不谐，也须狠心割爱，毫不敷衍。是呀，假若在咱们的蓝布制服上，绣上两朵大花，恐怕适足招笑，不如不绣。

以言大改，则通篇写完，须看看可否由三千字缩减到二千字左右。若可能，即当重新另写一遍，务去枝冗，以期精炼。若只东改一字，西删一句，无此效也。初稿写得长，不算毛病。但别舍不得删改。

还须看看文体合适与否。本是一篇短文，但乏亲切之感，若改用书札体，效果也许更好，即应另写。再往大些说：有的人写了几部剧本，都不出色。后来，改写小说，倒成功了。同一题材，颇可试用不同的文体去试试。个人的长处往往由勤学苦练，多方面试验，才能发现，不要一棵树吊死人。

（原载一九六一年《上海文学》七月号）

我的经验

在建国十周年纪念的好日子里，检查检查十年来自己在写作上的得失成败是有意义的。

每个作家在创作上都有优点、有缺点，我当然也不是例外。优点也好，缺点也好，对自己都是可贵的经验。经常有些朋友问我这样的问题：你有什么样的心得？你有什么困难？那么借此机会谈谈个人的心得和困难，对己对人也许都有点用处。

总结十年来的写作成绩，我的好经验是很少很少的。尽管少，也愿尽先汇报。

十年来我写了十多部剧本，当然包括扔进纸篓中的废品。我写得勤。朋友们都知道我原是写小说的，可是我又爱上了戏剧。我本不会写戏，不会就得学，就得不辞劳苦。写出了废品我也不灰心，经一次失败，长一次经验，逐渐地就明白了自己的长处和短处。熟能生巧嘛。勤写，总有成功的一天。这也是我的干劲儿。

十年来人民的变化极大。看到、听到这种变化，自己就受到感动，受到教育，也使我放不下笔来。不管写得好坏，我总算养成了一个习惯，关心新人、新事。一切翻天覆地的事都是人干出来的，体验生活首先要观察人。我写的戏也许故事性不强，可是总有几个人物还能给人一些印象，因为我在构思的时候是先想到人物，到心中有了整个的一个人了，才下笔去写。

观察人物不是一天两天的事，要随时随地，经常地留心。别怕人物一时用不上，更别等到要写戏时才去体验人。对人的认识需要时时积累。要写作，脑子里就得有一个人的队伍。认识许多人，也许才能够创造一个人。

话剧靠说话。不过，舞台上若像生活中那样扯起来没完，大概不等闭幕，观众早都跑光了。观察生活时要注意不同的人有不同的词汇、语气、神态。要借着对话写出性格来。剧本里的语言应该不同于生活中的语言，必须加工。我下笔时，总注意到该张三说的，决不让李四说，该三句话说完的即不写上十句。让观众坐上三四个钟头听一些没有必要的废话，即是罪过。

十年来，我主要的笔墨劳动是写话剧。虽然有以上一点好经验，可是我没有写出一本杰出之作。为什么呢？听我道来：

（一）生活不够。十年来，我始终没治好我的腿病。腿不利落，就剥夺了我深入工农兵生活的权利。我不肯去给他们添麻烦。我甚至连旅行、参观也不敢多去。我喜欢旅行、参观；但是一不留神，腿病即大发，须入医院。这样，我只能在北京城里绕圈圈，找些写作资料。连这些资料，也还不都是第一手的，从群众生活中直接得来的；有的是书面上的，有的是别人告诉给我的。因此，我的笔不能左右逢源，应付裕如。我写的是新人新事，但是新人并非我的朝夕过从的密友，新事也只略知一二。这就难怪笔下总是那么干巴巴的了。

是呀，我多么羡慕我遇见过的一些男女青年啊！他们的年纪虽轻，可是经验却那么多！他们把青春带到一切地方去，叫荒沙大漠上开起花来，从雪岭深林中找出来宝贝。他们将来若肯动笔啊，必定会写成出色的作品。他们有生活，而且是史无前例的新生活。我多么羡慕他们啊！

没有多少新生活的经验，为什么不去写些过去的事呢？我不肯弃新务旧。旧事重提，尽管也有些教育价值，总不如当前的人物与事物那么重要。昨天总不如今天更接近明天。我喜爱别人写的历史戏和革命回忆录，但我自己乐意描写今天。

有人以为眼前的事物不易看清楚，不如放它几年，等看清楚了再动笔。这未必尽然。我的生活不够，可是拼拼凑凑地也还写出了一些剧本，那么，生活丰富的人不就一定可以写出内容充实的剧本吗？我的缺点在于生活不够，而不在于写了当前的事物。去深入生活，我们一定会从今天的生活中写出优秀的作品来。我多么盼望腿疾速愈，健步如飞，能够跟青年男女一同到山南海北去生活，去写作啊！

（二）思想贫乏。时代是伟大的，人民是伟大的，可是我写不出伟大的作品。原因很多，主要地是我没有伟大的思想。我有爱新社会的热情，但是专凭热情，只能勤于写作，而不能保证作品高超。因为思想贫乏，我找到该歌颂的人与事之后，只能就事论事地去写近似记录的东西，而不能高瞻远瞩地把人与事提高，从现实生活中透露出远大的理想。

我不怕麻烦，勇于修改剧稿。但是，我进行修改的时候多半注意细节的对与不对，而很少涉及思想根源。于是，改来改去，并没跳出那些琐细事实，只是使作品的记录性更真确一些，而无关宏旨。这样，越改反倒越掉在自然主义的陷阱里。假若我有高深的思想，大气磅礴，我就不会见木不见林地只顾改改这个细节，换换那个琐事。这种零碎的修改，可能越改越坏。

我热诚地接受别人的意见，修改剧本，这很好。但是，这也证明因为没有多考虑思想上的问题，我只好从枝节上删删补补，而提来的意见往往又正是从枝节上着眼的。我心中既没有高深的思想打底，也就无从判断哪些意见可以采纳，哪些意见可以不必听从。没有思想上的深厚基础，我的勤于修改恰好表明了自己的举棋不定。

我在前面所说的伟大思想就是马列主义的哲学思想。我既没有系统地学习过，也就说不上应用在事物的分析上。所以我只能看到事物的表面现象，而不能进一步提高到哲理上，从石中剖出美玉来。这样，我的较好的作品，也不过仅引起一时的影响，事过境迁就没有什么用处了。是的，起一时的影响就好。但，那究竟不如今天有影响，明天还有影响。禁不住岁月考验的不能算作伟大作品，而我们的伟大时代是应该产生伟大作品的。

一个作家理当同时也是思想家。

（三）技巧不高。写什么都需要技巧。写剧本特别需要技巧。舞台是最不客气的，有任何一点不合适，台下便看得清清楚楚。台词稍有重复（有重复的必要者除外）台下就听得明明白白，认为作者的词汇欠丰富。可是，我写剧不是科班出身，不大懂得舞台。我之所以能够写得比较快的原因之一，是我只顾一气呵成，按着我的企图去突击。我没有详细考虑过舞台上所需的安排和应有的效果，我不知舞台是怎么一回事。我常对导演和演员说这句笑话：我写的是民主剧本，请随便改动吧。这给了他们便宜行事之权，可也给他们增加了困难。一个剧作家不但须是个思想家，而且须是个大艺术家。莎士比亚与莫里哀都兼做演员，而我们的不少演员写出了很好的作品，即是明证。我把写戏看得太容易了。

我也有个好处：导演与演员们要求我修改剧本，我会狠心地把自己以为是得意之笔的地方删掉，补上舞台上所要求的东西。这足见我在写戏的时候，因为眼睛没有注视着舞台，把力气用错了地方。舞台的限制并不因个人的愿望而消失。我的确是极其关切笔下的人物，但是我忽略了人物在舞台上如何发挥威力。一出好戏，人物出来进去正如行云流水，极其自然，使观众感到舒服。我没有这个本领。我喜欢叫谁上来就上来，叫谁下去就下去，这个"自由主义"破坏了戏剧的完美。

看排戏是作者学习的好机会。一个剧作者应有丰富的社会生活，还须有戏剧生活——对前台后台都熟悉。跟导演、演员和舞台工作者能够打成一片是必要的。

一个剧作家需要多少知识与修养啊！我只提出自己的三大缺点也就够证明这个看法的了。我愿再努力学习，也希望有志于戏剧创作的青年朋友们别把写戏看得太容易。我们都应该在生活上，哲学上，与舞台技巧上狠狠地下一番预备功夫。

（原载一九五九年《剧本》十月号）

143

先学习语文

常常接到朋友来信，问我：心里有许多话，许多事，可就是写不出来，怎么办呢？

这个问题相当复杂，不易回答。我仅就此刻能想到的答复几句：

凡是能写些文艺作品的人都是先在语文上用过功夫的。文字写不通顺，没有法子写作品，因为诗、戏剧和小说等等都是用文字写成的。给我来信的朋友中，有些位的文字还没写通顺，就一心想写剧本或小说了，这当然有困难。怎么去克服困难呢？我看哪，请不要先在剧本或小说上打主意吧。应当先去进修语文。把文字写明白了，就有了表现能力，会把心中的话写到纸上去。有了这种能力，再进一步学习剧本与小说的写作，就必定很顺利。反之，还没有把心里的话明明白白地写在纸上的本事，就想去写剧本或小说，必定劳而无功。

我知道：在咱们的许多老作家里，如郭沫若先生、茅盾先生等等，起初都没想去搞文学创作。可是，他们都自幼儿练习过写文章，到了二十来岁的时候，他们的文字已然写得很好。此外，他们还学习了外国语。这样，赶到一个文艺运动来到，他们就想：我心里也有许多话、许多事，为什么不写写呢？他们就拿起笔来，唰唰地那么一写。他们竟自写出了诗、剧本或小说来了。他们的生活经验是这些作品的资料。他们读了不少古典的和现代的好作品，使他们明白了一些剧本是什么样子，小说是什么样子。这样，他们有了内容，也明白了形式，好吧，就去写吧。用什么写呢？文字！哪儿来的文字呢？他们早已预备好，自幼儿就预备起啊。

这么看起来，生活经验是重要的，文艺形式应该知道，可是掌握语言文字还是绝对必要的！不会写就是半个哑巴，只会用嘴说，而不会把话写在纸上。

会写，就有了信心。起初，在形式上也许要摹仿摹仿。可是一来二去，信心越来越高，创造的精神越来越旺，就必力求独创，敢把老套子都扔掉了。怎么想就能怎么写出来，就叫作得心应手。一旦能够在文字上做到得心应手，就会创造了。思想是极要紧的，但是若没有文字配合，什么高超的思想也只能藏在心里，说不出来呀。文字不是文艺创作的一切。只有文字而没有思想，没有生活，文字就失去生命力，像穿着新衣裳的死人那样。但是，有思想，有生活，而表达不出来，问题也极为严重。朋友们，我知道生活要紧，思想重要，但是由练习写作的程序来说，你们必须先把文字写清楚。没有通顺的文字，一句话也说不明白，写作就毫无办法。

语文是随时可以练习的。写日记、写信、纪录报告等等都是练习语文的机会，不可错过。谁知道自己的文字还很差，而非先写剧本或小说不可，谁就近乎自找别扭。一来文字有困难，二来又不知道剧本或小说怎么写，这两重困难实在不易同时克服，于是就终日愁眉苦脸，痛苦的不得了。假若先专向语文进军，困难就减少了许多。等到文字通顺了，再进攻小说或剧本，必然较比顺利。在我接到的来信中，有不少是问创作窍门的。可是他们的文字还很欠通顺。我愿在此对大家说：第一个窍门就是努力进修语文。

（原载一九五八年《红岩》六月号）

第 四 辑
出口成章

　　从汉语本质上看，它也是言短而意长的，每每凌空遣字，求弦外之音。这个特质在汉语诗歌中更为明显。五言与七言诗中的一联，虽只用了十个字或十四个字，却能绘成一段最美丽的图景或道出极其深刻而复杂的感情，既简洁又有力。

谈简练
——答友书

多谢来信!

您问文字如何写得简洁有力,这是个相当重要的问题。远古至今,中国文学一向以精约见胜。"韩潮苏海"是指文章气势而言,二家文字并不泛滥成灾。从汉语本质上看,它也是言短而意长的,每每凌空遣字,求弦外之音。这个特质在汉语诗歌中更为明显。五言与七言诗中的一联,虽只用了十个字或十四个字,却能绘成一段最美丽的图景或道出极其深刻而复杂的感情,既简洁又有力。

从心理上说,一个知识丰富、经验丰富的人,口讲问题或发为文章,总愿意一语道破,说到事物的根儿上,解决问题。反之,一个对事物仅略知一二的人,就很容易屡屡"然而",

时时"所以"，敷衍成篇，以多为胜。是的，心中没有底者往往喜欢多说。胸有成竹者必对竹有全面的认识，故能落墨不多，而雨态风姿，各得其妙。

知道的多才会有所取舍，找到重点。只知道那么一点，便难割爱，只好全盘托出，而且也许故意虚张声势，添上些不必要的闲言废语，以便在字数上显出下笔万言。

这么看来，文字简练与否不完全是文字技巧的问题。言之有物极为重要。毛主席告诉我们：多、快、好、省地建设社会主义。看，"多快好省"有多么现成，多么简单，又多么有力！的确有力：照这四字而行，六亿多人民便能及早地脱离贫困，幸福日增。背这四字而行，那就拖拖拉拉，难以跃进。这四个字是每个人都能懂的，也就成为六亿多人民建设社会主义的共同语言。可是，这四个字不会是毛主席随便想起来的。随便想起来的字恐怕不会有顶天立地的力量。这四个字是毛主席洞察全局、剖析万象的结果。它们不仅是四个字，而是六亿多人民社会主义建设的四条架海金梁。

对了，文字本身没有什么头等二等的分别，全看我们如何调遣它们。我们心里要先有值得说的东西，而后下功夫找到适当的文字，文字便有了力量。反之，只在文字上探宝寻金，而心中空空洞洞，那就容易写出"夫天地者宇宙之乾坤"一类的妙句来，虽然字皆涉及星际，声音也颇响亮，可是什么也没说出，地道废话。

　　您可以完全放心，我并没有轻看学习文字的意思。我的职业与文字运用是分不得家的呀。我还愿意告诉您点实话，您的诗文似乎只是词汇的堆砌，既乏生活经验，又无深刻的思想。请您不要难堪，我也是那样。在解放前，我总以为文学作品不过是耍耍字眼的玩艺儿，不必管内容如何，或有无内容。假若必须找出原谅自己的理由，我当然也会说：国民党统治时期，一不兴工，二不奖农，建设全无，国家空虚，所以我的文章也只好空空如也，反映空虚时代。后来，我读到了毛主席《在延安文艺座谈会上的讲话》，同时也看到了革命现实与新的文学作品。我看出来，文风变了。作品差不多都是言之有物，力避空洞的。这是极好的转变。这些结实的作品是与革命现实密切地结合在一起，的确写出了时代的精神面貌。我的以耍字眼为创作能事的看法，没法子再站得住了。

　　可是，那些作品在文字上不一定都纯美无疵。这的确是个缺点。不过，无论怎么说，我们也不该只从文字上挑毛病，而否定了新作品的价值。言之无文，行之不远，是的。可是言之无物，尽管笔墨漂亮，也不过是虚有其表，绣花枕头。两相比较，我倒宁愿写出文笔稍差，而内容结结实实的作品。可惜，我写不出这样的作品！生活经验不是一天就能积累够了的，对革命的认识也不能一觉醒来，豁然贯通。于是，我就力求速成，想找个偏方儿来救急。

　　这个偏方儿跟您得到的一个样。我们都热爱新社会，时刻想用我们的笔墨去歌颂。可是我们又没有足够的实际体验帮助我们，于是就搜集了一堆流行的词汇，用以表达我们的热情。结果呢，您放了许多热气，我也放了许多热气，可都没能成为气候。这个偏方不灵，因为它的主药还是文字，以我来说，不过是把诗云子曰改上些新字眼而已。

您比我年轻得多。我该多从生活中去学习，您更须如是。假若咱们俩只死死地抓住文字，而不顾其他，咱们就永远戴不上革命文学的桂冠。您看，十年来我不算不辛苦，天天要动动笔。我的文字可能在某些地方比您的稍好，可是我没写出一部杰出的作品来。这难道不值得咱们去深思吗？您也许问：是不是我们的文学作品应该永远是内容丰富而缺乏文字技巧之美的呢？一定不是！我们的文学是日益发展的，不会停滞不前。我们不要华而不实的作品，也不满足于缺乏词藻的作品。文情并茂、内明外润的作品才足以与我们的时代相映生辉。我们需要杰作，而杰作既不专靠文字支持，也不允许文字拙劣。

谈到这里，我们就可以讲讲文字问题而不至于出毛病了，因为前面已交代清楚：片面地强调文字的重要是有把文学作品变成八股文的危险的。

欲求文字简洁有力必须言之有物，前边已经说过，不再重复。可是，有的人知道的事情很多，而不会说得干净利落，甚至于说不出什么道理来。这是怎么一回事呢？我想，这恐怕是因为他只记录事实，而没去考虑问题。一个作家应当同时也是思想家。他博闻广见，而且能够提出问题来。即使他不能解决问题，他也会养成思想集中，深思默虑的习惯，从而提出具体的意见来。这可以叫作思想上的言之有物。思想不精辟，无从写出简洁有力的文字。

在这里，您很容易难倒我，假若您问我是个思想家不是。我不是！正因为我不是思想家，所以我说不出格言式的名言至论来。不错，有时候我能够写出相当简洁的文字，可是其中并没有哲理的宝气珠光。请您相信我吧，就是我那缺乏哲理而相当简洁的字句也还是费过一番思索才写出来的。

在思想之外，文学的语言还需要感情。没有感情，语言无从有力。您也许会说：这好办！谁没有感情呢？

事情恰好不那么简单，您看，"鞠躬尽瘁、死而后已"是一种感情："与世浮沉，吊儿郎当"也是一种感情。前者崇高，照耀千古；后者无聊，轻视一切。我们应有哪种感情呢？我没有研究过心理学，说不清思想和感情从何处分界。照我的粗浅的想法来说，恐怕这二者并不对立，而是紧密相依的。我们对社会主义有了一些认识，所以才会爱它，认识得越多，也就越发爱它。这样看来，我们的感情也似乎应当培养，使它越来越崇高。您应当从精神上、工作上，时时刻刻表现出您是个社会主义建设者。这样，您想的是社会主义，做的是社会主义建设工作，身心一致，不尚空谈，您的革命感情就会愈加深厚，您的文字也就有了真的感情，不再仗着一些好听的字眼儿支持您的创作。生活、思想、感情是文字的养料。没有这些养料，不管在文字上用多少工夫，文字也还要害贫血病。

当然，在文字上我们也要下一番苦功夫。我没有什么窍门与秘方赠献给您，叫您马上做到文字简洁有力，一字千金。我只能提些意见，供您参考。

您的文字，恕我直言，看起来很费力。某些含有深刻思想的文字，的确须用心阅读，甚至读几遍才能明白。您的文字并不属于这一种。您贪用形容字，以至形容得太多了，使人很难得到个完整鲜明的形象。这使人着急。我建议：能够直接说出来的地方，不必去形容；到了非形容不可的地方，要努力找到生动有力的形容字。这样，就有彩有素，简洁有力了。形容得多而不恰当，易令人生厌。形容字一多，句子就会冗长，读起来费力。您试试看，设法把句子中的"的"字多去掉几个，也许有些好处。

文字需要修改。简洁的字句往往不是摇笔即来的。我自己有这么一点经验：已经写了几十句长的一段，我放下笔去想想。嗯，原来这几十句是可以用两三句话就说明白的。于是，我抹去这一大段，而代以刚想好的两三句。这两三句必定比较简洁有力，因为原来那一段是我随想随写下来的，我的思想好像没渗入文字里去；及至重新想过了，我就把几十句的意思凝炼成两三句话，不但字句缩减很多，而且意思也更明确了。不多思索，文字不易简洁。详加思索，我们才知道谁要说什么，而且能够说得简洁有力。别嫌麻烦，要多修改——不，要重新写过，写好几遍！有了这个习惯，日久天长，您就会一动笔便对准箭靶子的红圈，不再乱射。您也会逐渐认识文字贵精不贵多的道理了。

欲求文字简洁，须找到最合适的字与词，这是当然的。不过在这之外，您还须注意字与字的关系，句与句的关系。名棋手每出一子必考虑全局。我们运用文字也要如此。这才能用字虽少，而管事甚多。文字互相呼应极为重要。因为"烽火'连'三月"，所以才"家书'抵'万金"。这个"连"字说明了紧张的程度，因而"抵"字也就有了根据。"连"与"抵"相互呼应，就不言而喻，人们是多么切盼家信，而家信又是如何不易来到。这就叫简洁有力，字少而管的事很多。作诗用此法，写散文也可以用此法。散文若能写得字与字、句与句前后呼应，就可以言简意赅，也就有了诗意。

信已够长了，请您先在这三项事上留点心吧：不滥用修辞，不随便形容；多想少说，由繁而简；遣字如布棋，互为呼应。改日再谈，今天就不再说别的了。

祝您健康！

老舍

（原载一九五九年十一月《人民文学》）

勤有功

《戏剧报》编辑部嘱谈十年来写剧经验。这不容易谈。经验有好有坏。我的经验好的很少，坏的很多，十年来并没写出过优秀的作品即是明证。

现在谈谈我那很少很少的好经验。至于那些坏经验，当另文述之。

（一）我写得不好，但写得很勤。勤是好习惯。十年来，我发表的作品比我写得少，我扔掉过好几部剧本。我认为在学习过程中，出废品是很难免的。但是，废品也是花了些心血写出来的。所以，出废品并不完全是坏事。失败一次，即长一番经验。我发表过的那些剧本中，从今天看起来，还有应该扔掉的，我很后悔当初没下狠心扔掉了它们。勤是必要的，但勤也还不能保证不出废品。我们应该勤了更勤。若不能勤，即连废品也写不出，虽然省事，但亦难以积累经验，定要吃亏。

勤于习作，就必然勤于观察，对新人新事经常关心。因此，这一本写失败了，即去另写一本。新事物是取之不竭的，何必一棵树吊死人？

即使是废品，其中也会有一二可取之处。不知何时，这一二可取之处还会有用，功夫没有完全白费。

一个人有一个人的工作方法。有的人须花费很多时间，才能写成一部剧本的初稿，而后又用很长时间去修改、加工。曹禺同志便是这样。他大约须用二年的时间写成一部作品。他写得很好。我性急，难取此法。我恨不能同时写三部作品，好的留着，坏的扔了。

对于已经成名的剧作家，我看曹禺同志的办法好（虽然我自己学不了他），不慌不忙地写，极其细致地加工，写出一本是一本，质量不致太差。我的勇于落笔，不怕扔掉的办法可能有益于初习写剧的人。每见青年剧作者，抱定一部剧稿，死不放手，改来改去，始终难以成功。于是力竭气衰，灰心丧胆。这样，也许就消沉下去，不敢再动笔。假若他敢写敢扔，这部不行，就去另写一部，或者倒会生气勃勃，再接再厉。既要学习，就该勤苦。一战成功的愿望一遭到失败，即往往一蹶不起。我们要受得住失败，屡败屡战。在我们写得多了之后，有胜有败，经验丰富了，再去学曹禺同志的办法似较妥当。

只有勤于动笔，才逐渐明白自己的长处与短处，得到提高。有的青年剧作者，在发表了一部相当好的作品之后，即长期歇笔。他还非常喜爱戏剧，而且随时收集写作资料。可是，资料积蓄了不少，只谈而不写，只虑而不作。要知道，笔墨不落在纸上，谁也不知道资料到底应当如何处理，如何找戏。跟别人谈论，大有好处。但是归根结底还是要自己动手去写才能知其究竟。熟才能生巧。写过一遍，尽管不像样子，也会带来不少好处。不断地写作才会逐渐摸到文艺创作的底。纸篓子是我的密友，常往它里面扔弃废稿，一定会有成功的那一天。

"业精于勤"，信非虚语。

（二）我没有创造出典型的人物，可是我总把人物放在心上。我不大会安排情节，这是我的很大的缺点。我可是向来没有忽略过人物，尽管我笔下的人物并不都突出。

如何创造人物？人各一词，难求总结。从我的经验来看，首先是作者关心人。"目中无人"，虽有情节，亦难臻上乘。我不能说我彻底熟悉曾经描绘过的人物，但是，只要我遇到一个可喜的人物，我就那么热爱他（或她），总设法把他写得比本人更可喜可爱，连他的缺点也是可爱的。作者对人物有深厚的感情，人物就会精神饱满，气象堂堂。对于可憎的人物，我也由他的可憎之处，找出他自己生活得也怪有滋味的理由，以便使他振振有词，并不觉得自己讨厌该死。

我并不照抄人物，而是抓住人物的可爱或可憎之点，从新塑造，这就使想象得到活动的机会。我心中有了整个的一个人，才动笔写他。这样，他的举止言谈才会表里一致，不会自相矛盾。有时候，我的一出戏里用了许多角色，而大体上还都有个性格，其原因在此。大的小的人物都先在我心里成了形，所以不管他们有很多还是很少的台词，他们便一张嘴就差不多，虽三言两语也足以表现他们的性格。

观察人物要随时随地、经常留心的。观察得多了，即能把本来毫不相干的人们拉到一出戏里，形形色色，不至于单调。妇女商店里并没有八十岁的卖茶翁，也没有举人的女儿。我若为写《女店员》而只去参观妇女商店，那么我就只能看见许多年轻的女售货员。不，平日我也注意到街上的卖茶老翁，和邻居某大娘。把这老翁与大娘同女售货员们拉上关系，人物就多起来，显着热闹。临时去观察一个人总不如随时注意一切的人更为重要。自己心里没有一个小的人海，创作起来就感到困难。

（三）有人说我的剧中对话写得还不坏，我不敢这么承认。我只是在写对话上用了点心而已。首先是：我要求对话要随人而发，恰合身份。我力求人物不为我说话，而我为人物说话。

这样，听众或者得以因话知人，看到人物的性格。我不怕写招笑的废话，假若说话的是个幽默的人。反之，我心目中的人本极严肃，而我使他忽然开起玩笑来，便是罪过！

其次，我要求话里有话，稍有含蓄。因此，有时候我只写了几句简单的话，而希望导演与演员把那未尽之意用神情或动作补足了。这使导演与演员时常感到不好办。可是，他们的确有时候想出好办法，能够不增加词句而把作者的企图圆满地传达出来。这就叫听众听出弦外之音，更有意思。

我用的是普通话，没有什么奇文怪字。可是，我总想用普通话写出一些诗意来，比普通话多着一些东西，高出一块来。我未能句句都这么做到，但是我所做到了的那些就叫人听着有点滋味——既是大白话，又不大像日常习用的大白话。是不是这可以叫作加过工的大白话呢？若是可以，我就愿再多说几句：人物讲话必与理智、感情、性格三者相联系。从这三者去思索，我们就会找到适当的话语，适当的话语不至于空泛无力。找到适当的话语之后，还应再去加工，希望它由适当而精彩。这样，虽然是大白话，可是不至于老老实实地爬行了。它能一针见血，打动人心。说真的，假若话剧中的对话与日常生活中的语言毫无分别，絮絮叨叨，罗里罗唆，谁还去听话剧呢？

我没有写诗剧的打算。可是，我总想话剧中的对话应有诗的成分。这并不是说应当抛弃了现成的语言，而句句都是青山绿水，柳暗花明。不是的。我所谓的诗，是用现成的白话，经过加工，表达出人格之美、生活之美，与革命斗争的壮丽。泛泛的词句一定负不起这个责任。

我所要的语言不是由草拟得来的。我们应当自树风格。曾见青年剧作者摹仿一位四川的老作家的文字，四川人口中的"哪""啦"不分，所以这位老作家总是把"天哪"写成"天啦"。那位青年呢，是北方人，而也"天啦"起来。这个例子说明有的人是从书本上学习语言的。不错，书本上的语言的确应当学习，但是自己的文字风格绝对不能由摹仿得来。我要求自己连一个虚字也不随便使用，必然几经揣摩，口中念念有词，才决定是用"呢"，还是用"啦"。尽管这样，我还时常写出拙笨的句子，既不顺口，也不悦耳。我还须多多用功。

只说这三点吧，我的那些缺点即暂不谈，留作另一篇小文的材料。

（原载一九五九年九月《戏剧报》第十八期）

写字

　　假若我是个洋鬼子，我一定也得以为中国字有趣。换个样儿说，一个中国人而不会写笔好字，必定觉得不是味儿；所以我常不得劲儿。

　　写字算不算一种艺术，和做官算不算革命，我都弄不清楚。我只知道好字看着顺眼。顺眼当然不一定就是美，正如我老看自己的鼻子顺眼而不能自居姓艺名术字子美。可是顺眼也不算坏事，还没有人因为鼻子长得顺眼而去投河。再说，顺眼也颇不容易；无论你怎样自居为宝玉，你的鼻子没有我的这么顺眼，就干脆没办法；我的鼻子是天生带来的，不是在医院安上的。说到写字，写一笔漂亮字儿，不容易。工夫，天才，都得有点。这两样，我都有，可就是没人求我写字，真叫人起急！

看着别人写，个儿是个儿，笔力是笔力，真馋得慌。尤其堵得慌的是看着人家往张先生或李先生那里送纸，还得作揖，说好话，甚至于请吃饭。没人理我。我给人家作揖，人家还把纸藏起去。写好了扇子，白送给人家，人家道完谢，去另换扇面。气死人不偿命，简直的是！

只有一个办法：遇上丧事必送挽联，遇上喜事必送红对，自己写。敢不挂，玩命！人家也知道这个，哪敢不挂？可是挂在什么地方就大有分寸了。我老得到不见阳光，或厕所附近，找我写的东西去。行一回人情总得头疼两天。

顶伤心的是我并不是不用心写呀。哼，越使劲越糟！纸是好纸，墨是好墨，笔是好笔，工具满对得起人。写的时候，焚上香，开开窗户，还先读读碑帖。一笔不苟，横平竖直；挂起来看吧，一串倭瓜，没劲！不是这个大那个小，就是歪着一个。行列有时像歪脖树，有时像曲线美。整齐自然不是美的要素；要命是个个字像傻蛋，怎么耍俏怎么不行。纸算糟蹋远了去啦。要讲成绩的话，我就有一样好处，比别人糟蹋的纸多。

可是，"东风常向北，北风也有转南时"，我也出过两回风头。一回是在英国一个乡村里。有位英国朋友死了，因为在中国住过几年，所以留下遗言。墓碣上要几个中国字。我去吊丧，死鬼的太太就这么跟我一提。我晓得运气来了，登时包办下来；马上回伦敦取笔墨砚，紧跟着跑回去，当众开彩。全村子的人横是差不多都来了吧，只有我会写；我还告诉他们：我不仅是会写，而且写得好。写完了，我就给他们掰开揉碎的一讲，这笔有什么讲究，哪笔有什么讲究。他们的眼睛都睁得圆圆的，眼珠里满是惊叹号。我一直痛快了半个多月。后来，我那几个字真刻在石头上了，一点也不瞎吹。"光荣是中国的，艺术之神多着一位。天上落下白米饭，小鬼儿的哭；因为仓颉泄露了天机！"我还记得作了这样高伟的诗。

第二回是在中国，这就更不容易了。前年我到远处去讲演。那里没有一个我的熟人。讲演完了，大家以为我很有学问，我就棍打腿地声明自己的学问很大，他们提什么我总知道，不知道的假装一笑，作为不便于说，他们简直不晓得我吃几碗干饭了，我更不便于告诉他们。提到写字，我又那么一笑。喝，不大会儿，玉版宣来了一堆。我差点乐疯了。平常老是自己买纸，这回我可捞着了！我也相信这次必能写得好：平常总是拿着劲，放不开胆，所以写得不自然；这次我给他个信马由缰，随笔写来，必有佳作。中堂，屏条，对联，写多了，直写了半天。写得确是不坏，大家也都说好。就是在我辞别的时候，我看出点毛病来：好些人跟招待我的人嘀咕，我很听见了几句："别叫这小子走！""那怎好意思？""叫他赔纸！""算了吧，他从老远来的。"……招待员总算懂眼，知道我确是卖了力气写的，所以大家没一定叫我赔纸；到如今我还以为这一次我的成绩顶好，从量上质上说都下得去。无论怎么说，总算我过了瘾。

我知道自己的字不行，可有一层，谁的孩子谁不爱呢！是不是，二哥？

（原载一九三四年十二月十六日《论语》第五十五期）

文艺与木匠

　　一位木匠的态度，据我看：（一）要做个好木匠；（二）虽然自己已成为好木匠，可是绝不轻看皮匠、鞋匠、泥水匠，和一切的匠。

　　此态度适用于木匠，也适用于文艺写家。我想，一位写家既已成为写家，就该不管怎么苦，工作怎样繁重，还要继续努力，以期成为好的写家，更好的写家，最好的写家。同时，他须认清：一个写家既不能兼作木匠、瓦匠，他便该承认五行八作的地位与价值，不该把自己视为至高无上，而把别人踩在脚底下。

　　我有三个小孩。除非他们自己愿意，而且极肯努力，做文艺写家，我决不鼓励他们；因为我看他们做木匠、瓦匠或做写家，是同样有意义的，没有高低贵贱之别。

假若我的一个小孩决定做木匠去，除了劝告他要成为一个好木匠之外，我大概不会絮絮叨叨地再多讲什么，因为我自己并不会木工，无须多说废话。

假若他决定去做文艺写家，我的话必然的要多了一些，因为我自己知道一点此中甘苦。

第一，我要问他：你有了什么准备？假若他回答不出，我便善意的，虽然未必正确的，向他建议：你先要把中文写通顺了。所谓通顺者，即字字妥当，句句清楚。假若你还不能做到通顺，请你先去练习文字吧，不要开口文艺，闭口文艺。文字写通顺了，你要"至少"学会一种外国语，给自己多添上一双眼睛。这样，中文能写通顺，外国书能念，你还须去生活。我看，你到三十岁左右再写东西，绝不算晚。

第二，我要问他：你是不是以为作家高贵，木匠卑贱，所以才舍木工而取文艺呢？假若你存着这个心思，我就要毫不客气地说：你的头脑还是科举时代的，根本要不得！况且，去学木工手艺，即使不能成为第一流的木匠，也还可以成为一个平常的木匠，即使不能有所创造，还能不失规矩地仿制；即使供献不多，也还不至于糟踏东西。至于文艺呢，假若你弄不好的话，你便糟践不知多少纸笔，多少时间——你自己的，印刷人的，和读者的；罪莫大焉！你看我，已经写作了快二十年，可有什么成绩？我只感到愧悔，没有给人盖成过一间小屋，做成过一张茶几，而只是浪费了多少纸笔，谁也不曾得到我一点好处？高贵吗？啊，世上还有高贵的废物吗？

第三，我要问他：你是不是以为做写家比做别的更轻而易举呢？比如说，做木匠，须学好几年的徒，出师以后，即使技艺出众，也还不过是默默无闻的匠人；治文艺呢，你可以用一首诗，一篇小说，而成名呢？我告诉你，你这是有意取巧，避重就轻。你要知道，你心中若没有什么东西，而轻巧地以一诗一文成了名，名适足以害了你！名使你狂傲，狂傲即近于自弃。名使你轻浮、虚伪。文艺不是轻而易举的东西，你若想借它的光得点虚名，它会极厉害地报复，使你不但挨不近它的身，而且会把你一脚踢倒在尘土上！得了虚名，而丢失了自己，最不上算。

第四，我要问他：你若干文艺，是不是要干一辈子呢？假若你只干一年半载，得点虚名便闪躲开，借着虚名去另谋高就，你便根本是骗子！我宁愿你死了，也不忍看你做骗子！你须认定：干文艺并不比作木匠高贵，可是比做木匠还更艰苦。在文艺里找慈心美人，你算是看错了地方！

第五，我要告诉他：你别以为我干这一行，所以你也必须来个"家传"。世上有用的事多得很，你有择取的自由。我并不轻看文艺，正如同我不轻看木匠。我可是也不过于重视文艺，因为只有文艺而没有木匠也成不了世界。我不后悔干了这些年的笔墨生涯，而只恨我没能成为好的写家。作官教书都可以辞职，我可不能向文艺递辞呈，因为除了写作，我不会干别的；已到中年，又极难另学会些别的。这是我的痛苦，我希望你别再来一回。不过，你一定非做写家不可呢，你便须按着前面的话去准备，我也不便绝对不同意，你有你的自由。你可得认真地去准备啊！

（原载一九四二年八月十六日《时事新报》）

习惯

不管别位，以我自己说，思想是比习惯容易变动的。每读一本书，听一套议论，甚至看一回电影，都能使我的脑子转一下。脑子的转法像是螺丝钉，虽然是转，却也往前进。所以，每转一回，思想不仅变动，而且多少有点进步。记得小的时候，有一阵子很想当"黄天霸"。每逢四顾无人，便掏出瓦块或碎砖，回头轻喊：看镖！有一天，把醋瓶也这样出了手，几乎挨了顿打。这是听《五女七贞》的结果。及至后来读了托尔斯泰等人的作品，就是看杨小楼扮演的"黄天霸"，也不会再扔醋瓶了。你看，这不仅是思想老在变动，而好歹地还高了一二分呢。

习惯可不能这样。拿吸烟说吧，读什么，看什么，听什么，都吸着烟。图书馆里不准吸烟，干脆就不去。书里告诉我，吸烟有害，于是想戒烟，可是想完了，照样地点上一支。医院里陈列着"烟肺"也看见过，颇觉恐慌，我也是有肺动物啊！这点嗜好都去不掉，连肺也对不起呀，怎能成为英雄呢？！思想很高伟了；及至吃过饭，高伟的思想又随着蓝烟上了天。有的时候确是坚决，半天儿不动些小白纸卷，而且自号为理智的人——对面是习惯的人。后来也不是怎么一股劲，连吸三支，合着并未吃亏。肺也许又黑了许多，可是心还跳着，大概一时还不至于死，这很足自慰。什么都这样。按说一个自居"摩登"的人，总该常常携着夫人在街上走走了。我也这么想过，可是做不到。大家一看，我就毛咕，"你慢慢走着，咱们家里见吧！"把夫人落在后边，我自己迈开了大步。什么"尖头曼""方头曼"的，不管这一套。虽然这么说，到底觉得差一点。从此再不去双双走街。

明知电影比京戏文明些，明知京戏的锣鼓专会供给头疼，可是嘉宝或红发女郎总胜不过杨小楼去。锣鼓使人头疼得舒服，仿佛是。同样，冰激凌，咖啡，青岛洗海澡，美国桔子，都使我摇头。酸梅汤，香片茶，裕德池，肥城桃，老有种知己的好感。这与提倡国货无关，而是自幼儿养成的习惯。年纪虽然不大，可是我的幼年还赶上了野蛮时代。那时候连皇上都不坐汽车，可想见那是多么野蛮了。

跳舞是多么文明的事呢，我也没份儿。人家印度青年与日本青年，在巴黎或伦敦看见跳舞，都讲究馋得咽唾沫。有一次，在艾丁堡，跳舞场拒绝印度学生进去，有几位差点上了吊。还有一次在海船上举行跳舞会，一个日本青年气得直哭，因为没人招呼他去跳。有人管这种好热闹叫作猴子的摹仿，我倒并不这么想。在我的脑子里，我看这并不成什么问题，跳不能叫印度登时独立，也不能叫日本灭亡。不跳呢，更不会就怎样了不得。可是我不跳。一个人吃饱了没事，独自跳跳，还倒怪好。叫我和位女郎来回地拉扯，无论说什么也来不及。看着就不顺眼，不用说真去跳了。这和吃冰激凌一样，我没有这个胃口。舌头一凉，马上联想到泻肚，其实心里准知道并没危险。

还有吃西餐呢。干净，有一定的分量，好消化，这些我全知道。不过吃完西餐要不补充上一碗馄饨两个烧饼，总觉得怪委屈的。吃了带血的牛肉，喝凉水，我一定跑肚。想象的作用。这就没有办法了，想象真会叫肚子山响！

对于朋友，我永远爱交老粗儿。长发的诗人，洋装的女郎，打微高尔夫的男性女性，咬言咂字的学者，满跟我没缘。看不惯。老粗儿的言谈举止是咱自幼听惯看惯的。一看见长发诗人，我老是要告诉他先去理发；即使我十二分佩服他的诗才，他那些长发使我堵得慌。家兄永远到"推剃两从便"的地方去"剃"，亮堂堂的很悦目。女子也剪发，在理论上我极同意，可是看着别扭。问我女子该梳什么"头"，我也答不出，我总以为女性应留着头发。我的母亲，我的大姐，不都是世界上最好的女人么？她们都没剪发。

行难知易，有如是者。

（原载一九三四年九月五日《人间世》第十一期）

忙

近来忙得出奇。恍惚之间，仿佛看见一狗，一马，或一驴，其身段神情颇似我自己；人兽不分，忙之罪也！

每想随遇而安，贫而无谄，忙而不怨。无谄已经做到；无论如何不能欢迎忙。

这并非想偷懒。真理是这样：凡真正工作，虽流汗如浆，亦不觉苦。反之，凡自己不喜做，而不能不做，做了又没什么好处者，都使人觉得忙，且忙得头疼。想当初，苏格拉底终日奔忙，而忙得从容，结果成了圣人；圣人为真理而忙，故不手慌脚乱。即以我自己说，前年写《离婚》的时候，本想由六月初动笔，八月十五交卷。及至拿起笔来，天气热得老在九十度以上，心中暗说不好。可是写成两段以后，虽腕下垫吃墨纸以吸汗珠，已不觉得怎样难受了。"七"月十五日居然把十二万字写完！因为我爱这种工作哟！我非圣人，也知道真忙与瞎忙之别矣。

所谓真忙，如写情书，如种自己的地，如发现九尾彗星，如在灵感下写诗作画，虽废寝忘食，亦无所苦。这是真正的工作，只有这种工作才能产生伟大的东西与文化。人在这样忙的时候，把自己已忘掉，眼看的是工作，心想的是工作，做梦梦的是工作，便无暇计及利害金钱等等了；心被工作充满，同时也被工作洗净，于是手脚越忙，心中越安怡，不久即成圣人矣。情书往往成为真正的文学，正在情理之中。

所谓瞎忙，表面上看来是热闹非常，其实呢它使人麻木，使文化退落，因为忙得没意义，大家并不愿做那些事，而不敢不做；不做就没饭吃。在这种忙乱情形中，人们像机器般地工作，忙完了一饱一睡，或且未必一饱一睡，而半饱半睡。这里，只有奴隶，没有自由人；奴隶不会产生好的文化。这种忙乱把人的心杀死，而身体也不见得能健美。它使人恨工作，使人设尽方法去偷油儿。我现在就是这样，一天到晚在那儿做事，全是我不爱做的。我不能不去做，因为眼前有个饭碗；多咱我手脚不动，那个饭碗便啪的一声碎在地上！我得努力呀，原来是为那个饭碗的完整，多么高伟的目标呀！试观今日之世界，还不是个饭碗文明！

因此，我羡慕苏格拉底，而恨他的时代。苏格拉底之所以能忙成个圣人，正因为他的社会里有许多奴隶。奴隶们为苏格拉底做工，而苏格拉底们乃得忙其所乐意忙者。这不公道！在一个理想的文化中，必能人人工作，而且乐意工作，即便不能完全自由，至少他也不完全被责任压得翻不过身来，他能把眼睛从饭碗移开一会儿，而不至立刻啪的一声打个粉碎。在这样的社会里，大家才会真忙，而忙得有趣，有成绩。在这里，懒是一种惩罚；三天不做事会叫人疯了；想想看，灵感来了，诗已在肚中翻滚，而三天不准他写出来，或连哼哼都不许！懒，在现在的社会里，是必然的结果，而且不比忙坏；忙出来的是什么？那么，懒又有什么不可以呢？

世界上必有那么一天，人类把忙从工作中赶出去，人家都晓得，都觉得，工作的快乐，而越忙越高兴；懒还不仅是一种羞耻，而是根本就受不了的。自然，我是看不到那样的社会了；我只能在忙得——瞎忙——要哭的时候这么希望一下吧。

（原载一九三五年六月三十日《益世报》"益世小品"）

学生腔

何谓学生腔？尚无一定的说法。

在这里，我并不想给它下个定义。

不管怎么说，学生腔总是个贬词。那么，就我所能见到的来谈一谈，或不无好处。

最容易看出来的是学生腔里爱转文，有意或无意地表示作者是秀才。古时的秀才爱转诗云、子曰，与之乎者也。戏曲里、旧小说里，往往讽刺秀才们的这个酸溜溜的劲儿。今之"秀才"爱用"众所周知""愤怒的葡萄"等等书本上的话语。

不过，这还不算大毛病，因为转文若转对了，就对文章有利。问题就在转得对不对。若是只贪转文，有现成、生动的话不用，偏找些陈词滥调来敷衍，便成了毛病。

为避免此病，在写文章的时候，我们必须多想。想每个字合适与否，万不可信笔一挥，开特别快车。写文章是极细致的工作。字没有高低贵贱之分，全看用的恰当与否。连着用几个"伟大"，并不足使文章伟大。一个很俗的字，正如一个很雅的字，用在恰当的地方便起好作用。不要以为"众所周知"是每篇文章不可缺少的，非用不可的。每一篇的内容不同，它所需要的话语也就不同；生活不同，用语亦异；若是以一套固定的话语应付一切，便篇篇如此，一道汤了。要想，多想，字字想，句句想。想过了，便有了选择；经过选择，才能恰当。

多想，便能去掉学生腔的另一毛病——松懈。文章最忌不疼不痒，可有可无。文章不是信口开河，随便瞎扯，而是事先想好，要说什么，无须说什么，什么多说点，什么一语带过，无须多说。文章是妥善安排，细心组织成的。说值得说的，不说那可有可无的。学生腔总是不经心地泛泛叙述，说的多，而不着边际。这种文字对谁也没有好处。写文章要对读者负责，必须有层次，清清楚楚，必须叫读者有所得。

幼稚，也是学生腔的一病。这有两样：一样是不肯割舍人云亦云的东西。举例说：形容一个爱修饰的人，往往说他的头发光滑得连苍蝇都落不住。这是人人知道的一个说法，顶好省去不用。用上，不算错误；但是不新颖，没力量，人云亦云。

第二样是故弄聪明，而不合逻辑，也该删去或修改。举例说：有一篇游记里，开篇就说："这一回，总算到了西北，到了古代人生活过的环境里了。"这一句也许是用心写的，可是心还没用够，不合逻辑，因为古人生活过的地方不止西北。写文章应出奇制胜，所以要避免泛泛的陈述。不能出奇，则规规矩矩地述说，把事情说明白了，犹胜于东借一句，西抄一句。头一个说头发光滑得连苍蝇都落不住的是有独创能力的，第二个人借用此语，便不新鲜了，及至大家全晓得了此语，我们还把它当作新鲜话儿来用，就会招人摇头了。要出奇，可也得留神是否合乎逻辑。逻辑性是治幼稚病的好药。所谓学生腔者，并不一定是学生写的。有的中学生、大学生，能够写出很好的文字。一位四五十岁的人，拿起笔来就写，不好好地去想，也会写出学生腔来。写文章是费脑子的事。

用学生腔写成的文章往往冗长，因为作者信口开河，不知剪裁。文章该长则长，该短则短。长要精，短也要精。长不等于拖泥带水，扯上没完。有的文章，写了一二百字，还找不着一个句号。这必是学生腔。好的文章一句是一句，所以全篇尽管共有几百字，却能解决问题。不能解决问题，越长越糟，白耽误了读者的许多时间。人都是慢慢地成长起来的。年轻，意见当然往往不成熟，不容易一写就写出解决问题的文章来。正因为如此，所以青年才该养成多思索的习惯。不管思索的结果如何，思索总比不思索强的多。养成这个好习惯，不管思想水平如何，总会写出清清楚楚、有条有理的文字来。这很重要。赶到年岁大了些，生活经验多起来，思想水平也提高了，便能叫文字既清楚又深刻。反之，不及早抛弃学生腔，或者就会叫我们积重难返，总甩不掉它，吃亏不小。思路清楚，说的明白，须经过长时间的锻炼，勤学苦练是必不可少的。

　　说到此为止，不一定都对。

第 五 辑
可喜的寂寞

　　在夜间若有什么动静，它便放声啼叫，顶尖锐、顶凄惨，使任何贪睡的人也得起来看看，是不是有了黄鼠狼。它负责、慈爱、勇敢、辛苦，因为它有了一群鸡雏。它伟大，因为它是鸡母亲。一个母亲必定就是一位英雄。我不敢再讨厌母鸡了。

猫

　　猫的性格实在有些古怪。说它老实吧，它的确有时候很乖。它会找个暖和地方，成天睡大觉，无忧无虑，什么事也不过问。可是，赶到它决定要出去玩玩，就会走出一天一夜，任凭谁怎么呼唤，它也不肯回来。说它贪玩吧，的确是呀，要不怎么会一天一夜不回家呢？可是，及至它听到点老鼠的响动啊，它又多么尽职，闭息凝视，一连就是几个钟头，非把老鼠等出来不拉倒！

　　它要是高兴，能比谁都温柔可亲：用身子蹭你的腿，把脖儿伸出来要求给抓痒，或是在你写稿子的时候，跳上桌来，在纸上踩印几朵小梅花。它还会丰富多腔地叫唤，长短不同，粗细各异，变化多端，力避单调。在不叫的时候，它还会咕噜咕噜地给自己解闷。这可都凭它的高兴。它若是不高兴啊，无论谁说多少好话，它一声也不出，连半个小梅花也不肯印在稿纸上！它倔强得很！

是，猫的确是倔强。看吧，大马戏团里什么狮子、老虎、大象、狗熊、甚至于笨驴，都能表演一些玩艺儿，可是谁见过耍猫呢？（昨天才听说：苏联的某马戏团里确有耍猫的，我当然还没亲眼见过。）

这种小动物确是古怪。不管你多么善待它，它也不肯跟着你上街去逛逛。它什么都怕，总想藏起来。可是它又那么勇猛，不要说见着小虫和老鼠，就是遇上蛇也敢斗一斗。它的嘴往往被蜂儿或蝎子螫得肿起来。

赶到猫儿们一讲起恋爱来，那就闹得一条街的人们都不能安睡。它们的叫声是那么尖锐刺耳，使人觉得世界上若是没有猫啊，一定会更平静一些。

可是，及至女猫生下两三个棉花团似的小猫啊，你又不恨它了。它是那么尽责地看护儿女，连上房兜兜风也不肯去了。

郎猫可不那么负责，它丝毫不关心儿女。它或睡大觉，或上屋去乱叫，有机会就和邻居们打一架，身上的毛儿滚成了毡，满脸横七竖八都是伤痕，看起来实在不大体面。好在它没有照镜子的习惯，依然昂首阔步，大喊大叫，它匆忙地吃两口东西，就又去挑战开打。有时候，它两天两夜不回家，可是当你以为它可能已经远走高飞了，它却瘸着腿大败而归，直入厨房要东西吃。

过了满月的小猫们真是可爱，腿脚还不甚稳，可是已经学会淘气。妈妈的尾巴，一根鸡毛，都是它们的好玩具，耍上没结没完。一玩起来，它们不知要摔多少跟头，但是跌倒即马上起来，再跑再跌。它们的头撞在门上，桌腿上，和彼此的头上。撞疼了也不哭。

它们的胆子越来越大，逐渐开辟新的游戏场所。它们到院子里来了。院中的花草可遭了殃。它们在花盆里摔跤，抱着花枝打秋千，所过之处，枝折花落。你不肯责打它们，它们是那么生气勃勃，天真可爱呀。可是，你也爱花。这个矛盾就不易处理。

现在，还有新的问题呢：老鼠已差不多都被消灭了，猫还有什么用处呢？而且，猫既吃不着老鼠，就会想办法去偷捉鸡雏或小鸭什么的开开斋。这难道不是问题么？

在我的朋友里颇有些位爱猫的。不知他们注意到这些问题没有？记得二十年前在重庆住着的时候，那里的猫很珍贵，须花钱去买。在当时，那里的老鼠是那么猖狂，小猫反倒须放在笼子里养着，以免被老鼠吃掉。据说，目前在重庆已很不容易见到老鼠。那么，那里的猫呢？是不是已经不放在笼子里，还是根本不养猫了呢？这须打听一下，以备参考。

　　也记得三十年前，在一艘法国轮船上，我吃过一次猫肉。事前，我并不知道那是什么肉，因为不识法文，看不懂菜单。猫肉并不难吃，虽不甚香美，可也没什么怪味道。是不是该把猫都送往法国轮船上去呢？我很难做出决定。

　　猫的地位的确降低了，而且发生了些小问题。可是，我并不为猫的命运多耽什么心思。想想看吧，要不是灭鼠运动得到了很大的成功，消除了巨害，猫的威风怎会减少了呢？两相比较，灭鼠比爱猫更重要的多，不是吗？我想，世界上总会有那么一天，一切都机械化了，不是连驴马也会有点问题吗？可是，谁能因担忧驴马没有事做而放弃了机械化呢？

（原载一九五九年八月《新观察》第十六期）

养花

我爱花，所以也爱养花。我可还没成为养花专家，因为没有工夫去作研究与试验。我只把养花当作生活中的一种乐趣，花开得大小好坏都不计较，只要开花，我就高兴。在我的小院中，到夏天，满是花草，小猫儿们只好上房去玩耍，地上没有它们的运动场。

花虽多，但无奇花异草。珍贵的花草不易养活，看着一棵好花生病欲死是件难过的事。我不愿时时落泪。北京的气候，对养花来说，不算很好。冬天冷，春天多风，夏天不是干旱就是大雨倾盆；秋天最好，可是忽然会闹霜冻。在这种气候里，想把南方的好花养活，我还没有那么大的本事。因此，我只养些好种易活、自己会奋斗的花草。

　　不过，尽管花草自己会奋斗，我若置之不理，任其自生自灭，它们多数还是会死了的。我得天天照管它们，像好朋友似的关切它们。一来二去，我摸着一些门道：有的喜阴，就别放在太阳地里，有的喜干，就别多浇水。这是个乐趣，摸住门道，花草养活了，而且三年五载老活着、开花，多么有意思呀！不是乱吹，这就是知识呀！多得些知识，一定不是坏事。

　　我不是有腿病吗，不但不利于行，也不利于久坐。我不知道花草们受我的照顾，感谢我不感谢；我可得感谢它们。在我工作的时候，我总是写了几十个字，就到院中去看看，浇浇这棵，搬搬那盆，然后回到屋中再写一点，然后再出去，如此循环，把脑力劳动与体力劳动结合到一起，有益身心，胜于吃药。要是赶上狂风暴雨或天气突变哪，就得全家动员，抢救花草，十分紧张。几百盆花，都要很快地抢到屋里去，使人腰酸腿疼，热汗直流。第二天，天气好转，又得把花儿都搬出去，就又一次腰酸腿疼，热汗直流。可是，这多么有意思呀！不劳动，连棵花儿也养不活，这难道不是真理么？

　　送牛奶的同志，进门就夸"好香"！这使我们全家都感到骄傲。赶到昙花开放的时候，约几位朋友来看看，更有秉烛夜游的神气——昙花总在夜里放蕊。花儿分根了，一棵分为数棵，就赠给朋友们一些；看着友人拿走自己的劳动果实，心里自然特别喜欢。

当然，也有伤心的时候，今年夏天就有这么一回。三百株菊秧还在地上（没到移入盆中的时候），下了暴雨。邻家的墙倒了下来，菊秧被砸死者约三十多种，一百多棵！全家都几天没有笑容！

有喜有忧，有笑有泪，有花有实，有香有色，既须劳动，又长见识，这就是养花的乐趣。

（原载一九五六年十月二十一日《文汇报》）

小麻雀

　　雨后，院里来了个麻雀，刚长全了羽毛。它在院里跳，有时飞一下，不过是由地上飞到花盆沿上，或由花盆上飞下来。看它这么飞了两三次，我看出来：它并不会飞得再高一些，它的左翅的几根长翎拧在一处，有一根特别的长，似乎要脱落下来。我试着往前凑，它跳一跳，可是又停住，看着我，小黑豆眼带出点要亲近我又不完全信任的神气。我想到了：这是个熟鸟，也许是自幼便养在笼中的。所以它不十分怕人。可是它的左翅也许是被养着它的或别个孩子给扯坏，所以它爱人，又不完全信任。想到这个，我忽然的很难过。一个飞禽失去翅膀是多么可怜。这个小鸟离了人恐怕不会活，可是人又那么狠心，伤了它的翎羽。它被人毁坏了，而还想依靠人，多么可怜！它的眼带出进退为难的神情，虽然只是那么个小而不美的小鸟，它的举动与表情可露出极大的委屈与为难。它是要保全它那点生命，而不晓得如何是好。对它自己与人都没有信心，而又愿找到些倚靠。它跳一跳，停一停，看着我，又不敢过来。我想拿几个饭粒诱它前来，又不敢离开，我怕小猫来扑它。可是小猫并没在院里，我很快地跑进厨房，抓来了几个饭粒。及至我回来，小鸟已不见了。我向外院跑去，小猫在影壁前的花盆旁蹲着呢。我忙去驱逐它，它只一扑，把小鸟擒住！被人养惯的小麻雀，连挣扎都不会，尾与爪在猫嘴旁搭拉着，和死去差不多。

瞧着小鸟，猫一头跑进厨房，又一头跑到西屋。我不敢紧迫，怕它更咬紧了可又不能不追。虽然看不见小鸟的头部，我还没忘了那个眼神。那个预知生命危险的眼神。那个眼神与我的好心中间隔着一只小白猫。来回跑了几次，我不追了。追上也没用了，我想，小鸟至少已半死了。猫又进了厨房，我愣了一会儿，赶紧的又追了去；那两个黑豆眼仿佛在我心内睁着呢。

进了厨房，猫在一条铁筒——冬天升火通烟用的，春天拆下来便放在厨房的墙角——旁蹲着呢。小鸟已不见了。铁筒的下端未完全扣在地上，开着一个不小的缝儿小猫用脚往里探。我的希望回来了，小鸟没死。小猫本来才四个来月大，还没捉住过老鼠，或者还不会杀生，只是叼着小鸟玩一玩。正在这么想，小鸟，忽然出来了，猫倒像吓了一跳，往后躲了躲。小鸟的样子，我一眼便看清了，登时使我要闭上了眼。小鸟几乎是蹲着，胸离地很近，像人害肚痛蹲在地上那样。它身上并没血。身子可似乎是蜷在一块，非常的短。头低着，小嘴指着地。那两个黑眼珠！非常的黑，非常的大，不看什么，就那么顶黑顶大地愣着。它只有那么一点活气，都在眼里，像是等着猫再扑它，它没力量反抗或逃避；又像是等着猫赦免了它，或是来个救星。生与死都在这俩眼里，而并不是清醒的。它是糊涂了，昏迷了；不然为什么由铁筒中出来呢？可是，虽然昏迷，到底有那么一点说不清的，生命根源的，希望。这个希望使它注视着地上，等着，等着生或死。它怕得非常的忠诚，完全把自己交给了一线的希望，一点也不动。像把生命要从两眼中流出，它不叫也不动。

小猫没再扑它，只试着用小脚碰它。它随着击碰倾侧，头不动，眼不动，还呆呆地注视着地上。但求它能活着，它就决不反抗。可是并非全无勇气，它是在猫的面前不动！我轻轻地过去，把猫抓住。将猫放在门外，小鸟还没动。我双手把它捧起来。它确是没受了多大的伤，虽然胸上落了点毛。它看了我一眼！

我没主意：把它放了吧，它准是死？养着它吧，家中没有笼子。我捧着它好像世上一切生命都在我的掌中似的，我不知怎样好。小鸟不动，蜷着身，两眼还那么黑，等着！愣了好久，我把它捧到卧室里，放在桌子上，看着它，它又愣了半天，忽然头向左右歪了歪用它的黑眼睁了一下；又不动了，可是身子长出来一些，还低头看着，似乎明白了点什么。

（原载一九三四年七月《文学评论》第一卷第二期）

可喜的寂寞

既可喜，却又寂寞，有点自相矛盾。别着急，略加解释，便会统一起来。

近来呀，每到星期日，我就又高兴，又有点寂寞。高兴的是：儿女们都从学校、机关回家来看看，还带着他们的男女朋友，真是热闹。听吧，各屋里的笑声，辩论声，都连续不断，声震屋瓦，连我们的大猫都找不到安睡懒觉的地方，只好跑到房上去呆坐。虽然这么热闹，我却很寂寞。他们所讨论的，我插不上嘴；默坐旁听，又听不懂！

我的文艺知识不很丰富，可是几十年来总以写作为业，按说对儿女们应该有些影响。事实并不如此。他们都不学文艺，虽然他们也爱看小说、话剧、电影什么的。他们，连他们带来的男女朋友，都学科学。我家最小的那个梳两条小辫的娃娃，刚考入大学，又是学物理！这群小科学家们凑到一处，连说笑似乎都带点什么科学味道，我听不懂。

他们也并不光说笑、争辩。有时候，他们安静下来：哥哥帮助妹妹算数学上的难题，或几个人都默默地思索着一个什么科学上的道理。在这种时候，我看得出来，他们的深思苦虑和诗人的呕尽心血并没有什么不同。我可也看到，当诗人实在找不到最好的字的时候，他也只好暂且将就用个次好的字，而小科学家们可不能这么办，他们必须找到那个最正确的答案，差一点点也不行。当他们得到了答案的时候，他们便高兴得又跳又唱，觉得已拿到打开宇宙秘密的一把小钥匙。

我看到了一种新的精神。是，从他们决定投考哪个学校，要选修哪门科学的时候起，我就不断地听到"尖端""发明"和"革新"等等悦耳的字眼儿。因此，我没有参加意见，更不肯阻拦他们。他们是那么热烈地讨论着，那么努力预备考试，我还有什么可说的呢！我看出来，是那个新精神支配着他们，鼓舞着他们，我无权阻拦他们。

他们的选择不是为名为利，而是要下决心去埋头苦干。是，从他们怎么预备功课和怎么制订工作计划，我就看出：他们所选择的道路并不是容易走的。他们有勇气与决心去翻山越岭，攀登高峰。他们的选择不仅出于个人的嗜爱，而也是政治热情的表现——现在是原子时代，而我们的科学技术还有些落后，必须急起直追。想建设一个有现代工业、农业与文化的国家，非有现代科学技术不可！我不能因为自己喜爱文艺而阻拦儿女们去学科学。建设伟大的祖国，自力更生，必须闯过科学技术关口。儿女们，在党的教育培养下，不但看明此理，而且决心去做闯关的人。这是多么可喜的事啊！是呀，且不说别的，只说改良一个麦种，或制造一种尼龙袜子，就需要多少科学研究与试验啊！科学不发达，现代化就无从说起。

我们的老农有很多宝贵的农业知识与经验，但专凭这些知识与经验而无现代的科学技术，便难以应付农业现代化的要求。我们的手工业有悠久的传统和许多世代相传的窍门，但也须进一步提高到科学理论上去，才能发展、提高。重工业和新兴的工业更用不着说，没有现代的科学技术，寸步难行。小科学家们，你们的责任有多么重大呀！

于是，我的星期日的寂寞便是可喜的了。我不能摹仿大猫，听不懂就跑上房去。我默默地听着小将们的谈论，而且想到：我若是也懂点科学，够多么好！写些科学小品，或以发明创造为内容的小说，够多么新颖，多么富有教育性啊。若是能把青年一代这种热爱科学的新精神写出来，不就更好吗？是呀，我们大概还缺乏这样的作品。我希望这样的作品不久就会出现。这应当是文艺创作的一个新的重要题材。

（原载一九六三年一月一日《北京晚报》）

母鸡

我一向讨厌母鸡。不知怎样受了一点惊恐。听吧，它由前院嘎嘎到后院，由后院再嘎嘎到前院，没结没完，而并没有什么理由；讨厌！有的时候，它不这样乱叫，可是细声细气的，有什么心事似的，颤颤微微的，顺着墙根或沿着田坝，那么扯长了声如怨如诉，使人心中立刻结起个小疙瘩来。

它永远不反抗公鸡。可是，有时候却欺侮那最忠厚的鸭子。更可恶的是它遇到另一只母鸡的时候，它会下毒手，乘其不备，狠狠地咬一口，咬下一撮儿毛来。

到下蛋的时候，它差不多是发了狂，恨不能使全世界都知道它这点成绩；就是聋子也会被它吵得受不下去。

可是，现在我改变了心思，我看见一只孵出一群小雏鸡的母亲。

　　不论是在院里，还是在院外，它总是挺着脖儿，表示出世界上并没有可怕的东西。一个鸟儿飞过，或是什么东西响了一声，它立刻警戒起来，歪着头儿听；挺着身儿预备作战；看看前，看看后，咕咕的警告鸡雏要马上集合到它身边来！

　　当它发现了一点可吃的东西，它咕咕地紧叫，啄一啄那个东西，马上便放下，教它的儿女吃。结果，每一只鸡雏的肚子都圆圆地下垂，像刚装了一两个汤圆儿似的，它自己却削瘦了许多。假若有别的大鸡来抢食，它一定出击，把它们赶出老远，连大公鸡也怕它三分。

　　它教给鸡雏们啄食，掘地，用土洗澡；一天教多少多少次。它还半蹲着——我想这是相当劳累的——教它们挤在它的翅下、胸下，得一点温暖。它若伏在地上，鸡雏们有的便爬在它的背上，啄它的头或别的地方，它一声也不哼。

　　在夜间若有什么动静，它便放声啼叫，顶尖锐、顶凄惨，使任何贪睡的人也得起来看看，是不是有了黄鼠狼。

　　它负责、慈爱、勇敢、辛苦，因为它有了一群鸡雏。它伟大，因为它是鸡母亲。一个母亲必定就是一位英雄。

　　我不敢再讨厌母鸡了。

　　　　　　　　　　（原载一九四二年五月三十日《时事新报》）

北京的春节

　　按照北京的老规矩，过农历的新年（春节），差不多在腊月的初旬就开头了。"腊七腊八，冻死寒鸦，"这是一年里最冷的时候。可是，到了严冬，不久便是春天，所以人们并不因为寒冷而减少过年与迎春的热情。在腊八那天，人家里，寺观里，都熬腊八粥。这种特制的粥是祭祖祭神的，可是细一想，它倒是农业社会的一种自傲的表现——这种粥是用所有的各种的米，各种的豆，与各种的干果（杏仁、核桃仁、瓜子、荔枝肉、莲子、花生米、葡萄干、菱角米……）熬成的。这不是粥，而是小型的农业展览会。

　　腊八这天还要泡腊八蒜。把蒜瓣在这天放到高醋里，封起来，为过年吃饺子用的。到年底，蒜泡得色如翡翠，而醋也有了些辣味，色味双美，使人要多吃几个饺子。在北京，过年时，家家吃饺子。

从腊八起，铺户中就加紧地上年货，街上加多了货摊子——卖春联的、卖年画的、卖蜜供的、卖水仙花的等等都是只在这一季节才会出现的。这些赶年的摊子都教儿童们的心跳得特别快一些。在胡同里，吆喝的声音也比平时更多更复杂起来，其中也有仅在腊月才出现的，像卖宪书的，松枝的、薏仁米的、年糕的等等。

在有皇帝的时候，学童们到腊月十九日就不上学了，放年假一月。儿童们准备过年，差不多第一件事是买杂拌儿。这是用各种干果（花生、胶枣、榛子、栗子等）与蜜饯搀和成的，普通的带皮，高级的没有皮——例如：普通的用带皮的擦子，高级的用榛瓤儿。

儿童们喜吃这些零七八碎儿，即使没有饺子吃，也必须买杂拌儿。他们的第二件大事是买爆竹，特别是男孩子们。恐怕第三件事才是买玩艺儿——风筝、空竹、口琴等——和年画儿。

儿童们忙乱，大人们也紧张。他们须预备过年吃的使的喝的一切。他们也必须给儿童赶快做新鞋新衣，好在新年时显出万象更新的气象。

二十三日过小年，差不多就是过新年的"彩排"。在旧社会里，这天晚上家家祭灶王，从一擦黑儿鞭炮就响起来，随着炮声把灶王的纸像焚化，美其名叫送灶王上天。在前几天，街上就有多少多少卖麦芽糖与江米糖的，糖形或为长方块或为大小瓜形。按旧日的说法：用糖粘住灶王的嘴，他到了天上就不会向玉皇报告家庭中的坏事了。现在，还有卖糖的，但是只由大家享用，并不再粘灶王的嘴了。

过了二十三，大家就更忙起来，新年眨眼就到了啊。在除夕以前，家家必须把春联贴好，必须大扫除一次，名曰扫房。必须把肉、鸡、鱼、青菜、年糕什么的都预备充足，至少足够吃用一个星期的——按老习惯，铺户多数关五天门，到正月初六才开张。假若不预备下几天的吃食，临时不容易补充。还有，旧社会里的老妈妈论，讲究在除夕把一切该切出来的东西都切出来，省得在正月初一到初五再动刀，动刀剪是不吉利的。这含有迷信的意思，不过它也表现了我们确是爱和平的人，在一岁之首连切菜刀都不愿动一动。

除夕真热闹。家家赶做年菜，到处是酒肉的香味。老少男女都穿起新衣，门外贴好红红的对联，屋里贴好各色的年画，哪一家都灯火通宵，不许间断，炮声日夜不绝。在外边做事的人，除非万不得已，必定赶回家来，吃团圆饭，祭祖。这一夜，除了很小的孩子，没有什么人睡觉，而都要守岁。

元旦的光景与除夕截然不同：除夕，街上挤满了人；元旦，铺户都上着板子，门前堆着昨夜燃放的爆竹纸皮，全城都在休息。

男人们在午前就出动，到亲戚家，朋友家去拜年。女人们在家中接待客人。同时，城内城外有许多寺院开放，任人游览，小贩们在庙外摆摊、卖茶、食品和各种玩具。北城外的大钟寺、西城外的白云观，南城的火神庙（厂甸）是最有名的。可是，开庙最初的两三天，并不十分热闹，因为人们还正忙着彼此贺年，无暇及此。到了初五六，庙会开始风光起来，小孩们特别热心去逛，为的是到城外看看野景，可以骑毛驴，还能买到那些新年特有的玩具。白云观外的广场上有赛轿车赛马的；在老年间，据说还有赛骆驼的。这些比赛并不争取谁第一谁第二，而是在观众面前表演骡马与骑者的美好姿态与技能。

多数的铺户在初六开张，又放鞭炮，从天亮到清早，全城的炮声不绝。虽然开了张，可是除了卖吃食与其他重要日用品的铺子，大家并不很忙，铺中的伙计们还可以轮流着去逛庙、逛天桥和听戏。

元宵（汤圆）上市，新年的高潮到了——元宵节（从正月十三到十七）。除夕是热闹的，可是没有月光；元宵节呢，恰好是明月当空。元旦是体面的，家家门前贴着鲜红的春联，人们穿着新衣裳，可是它还不够美。元宵节，处处悬灯结彩，整条的大街像是办喜事，火炽而美丽。有名的老铺都要挂出几百盏灯来，有的一律是玻璃的，有的清一色是牛角的，有的都是纱灯；有的各形各色，有的通通彩绘全部《红楼梦》或《水浒传》故事，这，在当年，也就是一种广告；灯一悬起，任何人都可以进到铺中参观；晚间灯中部点上烛，观者就更多。这广告可不庸俗。干果店在灯节还要作一批杂拌儿生意，所以每每独出心裁的，制成各样的冰灯，或用麦苗做成一两条碧绿的长龙，把顾客招来。

除了悬灯，广场上还放花合。在城隍庙里并且燃起火判，火舌由判官的泥像的口、耳、鼻、眼中伸吐出来。公园里放起天灯，像巨星似的飞到天空。

男男女女都出来踏月、看灯、看焰火；街上的人拥挤不动。在旧社会里，女人们轻易不出门，她们可以在灯节里得到些自由。

小孩子们买各种花炮燃放，即使不跑到街上去淘气，在家中照样能有声有光地玩耍。家中也有灯：走马灯——原始的电影——宫灯、各形各色的纸灯，还有纱灯，里面有小铃，到时候就叮叮地响。大家还必须吃汤圆呀。这的确是美好快乐的日子。

一眨眼，到了残灯末庙，学生该去上学，大人又去照常做事，新年在正月十九结束了。腊月和正月，在农村社会里正是大家最闲在的时候，而猪牛羊等也正长成，所以大家要杀猪宰羊，酬劳一年的辛苦。过了灯节，天气转暖，大家就又去忙着干活了。北京虽是城市，可是它也跟着农村社会一齐过年，而且过得分外热闹。

在旧社会里，过年是与迷信分不开的。腊八粥，关东糖，除夕的饺子，都须先去供佛，而后人们再享用。除夕要接神；大年初二要祭财神，吃元宝汤（馄饨），而且有的人要到财神庙去借纸元宝，抢烧头股香。正月初八要给老人们顺星、祈寿。因此那时候最大的一笔浪费是买香蜡纸马的钱。现在，大家都不迷信了，也就省下这笔开销，用到有用的地方去。特别值得提到的是现在的儿童只快活地过年，而不受那迷信的熏染，他们只有快乐，而没有恐惧——怕神怕鬼。也许，现在过年没有以前那么热闹了，可是多么清醒健康呢。以前，人们过年是托神鬼的庇佑，现在是大家劳动终岁，大家也应当快乐地过年。

（原载一九五一年一月《新观察》第二卷第二期）

济南的冬天

对于一个在北平住惯的人，像我，冬天要是不刮风，便觉得是奇迹；济南的冬天是没有风声的。对于一个刚由伦敦回来的人，像我，冬天要能看得见日光，便觉得是怪事；济南的冬天是响晴的。自然，在热带的地方，日光是永远那么毒，响亮的天气，反有点叫人害怕。可是，在北中国的冬天，而能有温晴的天气，济南真得算个宝地。

设若单单是有阳光，那也算不了出奇。请闭上眼睛想：一个老城，有山有水，全在天底下晒着阳光，暖和安适地睡着，只等春风来把它们唤醒，这是不是个理想的境界？小山整把济南围了个圈儿，只有北边缺着点口儿。这一圈小山在冬天特别可爱，好像是把济南放在一个小摇篮里，它们安静不动地低声地说："你们放心吧，这儿准保暖和。"真的，济南的人们在冬天是面上含笑的。他们一看那些小山，心中便觉得有了着落，有了依靠。他们由天上看到山上，便不知不觉地想起："明天也许就是春天了吧？这样的温暖，今天夜里山草也许就绿起来了吧？"就是这点幻想不能一时实现，他们也并不着急，因为有这样慈善的冬天，干啥还希望别的呢！

最妙的是下点小雪呀。看吧，山上的矮松越发的青黑，树尖上顶着一髻儿白花，好像日本看护妇。山尖全白了，给蓝天镶上一道银边。山坡上，有的地方雪厚点，有的地方草色还露着；这样，一道儿白，一道儿暗黄，给山们穿上一件带水纹的花衣；看着看着，这件花衣好像被风儿吹动，叫你希望看见一点更美的山的肌肤。等到快日落的时候，微黄的阳光斜射在山腰上，那点薄雪好像忽然害了羞，微微露出点粉色。就是下小雪吧，济南是受不住大雪的，那些小山太秀气！

古老的济南，城里那么狭窄，城外又那么宽敞，山坡上卧着些小村庄，小村庄的房顶上卧着点雪，对，这是张小水墨画，也许是唐代的名手画的吧。

那水呢，不但不结冰，倒反在绿萍上冒着点热气，水藻真绿，把终年贮蓄的绿色全拿出来了。天儿越晴，水藻越绿，就凭这些绿的精神，水也不忍得冻上，况且那些长枝的垂柳还要在水里照个影儿呢！看吧，由澄清的河水慢慢往上看吧，空中，半空中，天上，自上而下全是那么清亮，那么蓝汪汪的，整个的是块空灵的蓝水晶。这块水晶里，包着红屋顶，黄草山，像地毯上的小团花的灰色树影。这就是冬天的济南。

春风

　　济南与青岛是多么不相同的地方呢！一个设若比作穿肥袖马褂的老先生，那一个便应当是摩登的少女。可是这两处不无相似之点。拿气候说吧，济南的夏天可以热死人，而青岛是有名的避暑所在；冬天，济南也比青岛冷。但是，两地的春秋颇有点相同。济南到春天多风，青岛也是这样；济南的秋天是长而晴美，青岛亦然。

　　对于秋天，我不知应爱哪里的：济南的秋是在山上，青岛的是海边。济南是抱在小山里的；到了秋天，小山上的草色在黄绿之间，松是绿的，别的树叶差不多都是红与黄的。就是那没树木的山上，也增多了颜色——日影、草色、石层，三者能配合出种种的条纹，种种的影色。配上那光暖的蓝空，我觉到一种舒适安全，只想在山坡上似睡非睡地躺着，躺到永远。青岛的山——虽然怪秀美——不能与海相抗，秋海的波还是春样的绿，可是被清凉的蓝空给开拓出老远，平日看不见的小岛清楚地点在帆外。这远到天边的绿水使我不愿思想而不得不思想；一种无目的的思虑，要思虑而心中反倒空虚了些。济南的秋给我安全之感，青岛的秋引起我甜美的悲哀。我不知应当爱哪个。

两地的春可都被风给吹毁了。所谓春风，似乎应当温柔，轻吻着柳枝，微微吹皱了水面，偷偷地传送花香，同情地轻轻掀起禽鸟的羽毛。济南与青岛的春风都太粗猛。济南的风每每在丁香海棠开花的时候把天刮黄，什么也看不见，连花都埋在黄暗中，青岛的风少一些沙土，可是狡猾，在已很暖的时节忽然来一阵或一天的冷风，把一切都送回冬天去，棉衣不敢脱，花儿不敢开，海边翻着愁浪。

两地的风都有时候整天整夜地刮。春夜的微风送来雁叫，使人似乎多些希望。整夜的大风，门响窗户动，使人不英雄地把头埋在被子里；即使无害，也似乎不应该如此。对于我，特别觉得难堪。我生在北方，听惯了风，可也最怕风。听是听惯了，因为听惯才知道那个难受劲儿。它老使我坐卧不安，心中游游摸摸的，干什么不好，不干什么也不好。它常常打断我的希望：听见风响，我懒得出门，觉得寒冷，心中渺茫。

春天仿佛应当有生气，应当有花草，这样的野风几乎是不可原谅的！我倒不是个弱不禁风的人，虽然身体不很足壮。我能受苦，只是受不住风。别种的苦处，多少是在一个地方，多少有个原因，多少可以设法减除；对风是干没办法。总不在一个地方，到处随时使我的脑子晃动，像怒海上的船。它使我说不出为什么苦痛，而且没法子避免。它自由地刮，我死受着苦。我不能和风去讲理或吵架。单单在春天刮这样的风！可是跟谁讲理去呢？苏杭的春天应当没有这不得人心的风吧？我不准知道，而希望如此。好有个地方去"避风"呀！

（原载一九三五年三月二十四日《益世报》）

草原

　　这次我看到了草原。那里的天比别处的更可爱。空气是那么清鲜，天空是那么明朗，使我总想高歌一曲，表示我满心的愉快。在天底下，一碧千里，而并不茫茫。四面都有小丘，平地是绿的，小丘也是绿的。羊群一会儿上了小丘，一会儿又下来，走在哪里都像给无边的绿毯绣上了白色的大花。那些小丘的线条是那么柔美，就像只用绿色渲染，不用墨线勾勒的中国画那样，到处翠色欲流，轻轻流入云际。这种境界，既使人惊叹，又叫人舒服，既愿久立四望，又想坐下低吟一首奇丽的小诗。在这境界里，连骏马和大牛都有时候静立不动，好像回味着草原的无限乐趣。

　　我们访问的是陈巴尔虎旗。汽车走了一百五十里，才到达目的地。一百五十里全是草原，再走一百五十里，也还是草原。草原上行车十分洒脱，只要方向不错，怎么走都可以。初入草原，听不见一点声音，也看不见什么东西，除了一些忽飞忽落的小鸟。走了许久，远远地望见了一条迂回的明如玻璃的带子——河！牛羊多了起来，也看到了马群，隐隐有鞭子的轻响。快了，快到了。忽然，像被一阵风吹来似的，远处的小丘上出现了一群马，马上的男女老少穿着各色的衣裳。群马疾驰，襟飘带舞，像一条彩虹向我们飞过来。这是主人来到几十里外欢迎远客。见到我们，主人们立刻拨转马头，欢呼着，飞驰着，在汽车左右与前面引路。静寂的草原热闹起来：欢呼声，车声，马蹄声，响成一片。车跟着马飞过小丘，看见了几座蒙古包。

蒙古包外，许多匹马，许多辆车。人很多，都是从几十里外乘马或坐车来看我们。主人们下了马，我们下了车。也不知道是谁的手，总是热乎乎地握着，握住不散。大家的语言不同，心可是一样。握手再握手，笑了再笑。你说你的，我说我的，总的意思是民族团结互助。

也不知怎的，就进了蒙古包。奶茶倒上了，奶豆腐摆上了，主客都盘腿坐下，谁都有礼貌，谁都又那么亲热，一点儿不拘束。不大一会儿，好客的主人端进了大盘的手抓羊肉。干部向我们敬酒，七十岁的老翁向我们敬酒。我们回敬，主人再举杯，我们再回敬。这时候鄂温克姑娘们，戴着尖尖的帽子，既大方，又稍有点儿羞涩，来给客人们唱民歌。我们同行的歌手也赶紧唱起来。歌声似乎比什么语言都更响亮，都更感人，不管唱的是什么，听者总会露出会心的微笑。

饭后，小伙子们表演套马，摔跤，姑娘们表演了民族舞蹈。客人们也舞的舞，唱的唱，并且要骑一骑蒙古马。太阳已经偏西，谁也不肯走。是呀！蒙汉情深何忍别，天涯碧草话斜阳！

我的母亲

母亲的娘家是北平德胜门外，土城儿外边，通大钟寺的大路上的一个小村里。村里一共有四五家人家，都姓马。大家都种点不十分肥美的地，但是与我同辈的兄弟们，也有当兵的，做木匠的，做泥水匠的，和当巡察的。他们虽然是农家，却养不起牛马，人手不够的时候，妇女便也须下地做活。

对于姥姥家，我只知道上述的一点。外公外婆是什么样子，我就不知道了，因为他们早已去世。至于更远的族系与家史，就更不晓得了；穷人只能顾眼前的衣食，没有工夫谈论什么过去的光荣；"家谱"这字眼，我在幼年就根本没有听说过。

母亲生在农家，所以勤俭诚实，身体也好。这一点事实却极重要，因为假若我没有这样的一位母亲，我以为我恐怕也就要大大地打个折扣了。

母亲出嫁大概是很早，因为我的大姐现在已是六十多岁的老太婆，而我的大外甥女还长我一岁啊。我有三个哥哥，四个姐姐，但能长大成人的，只有大姐，二姐，三姐，三哥与我。我是"老"儿子。生我的时候，母亲已有四十一岁，大姐二姐已都出了阁。

由大姐与二姐所嫁入的家庭来推断，在我生下之前，我的家里，大概还马马虎虎地过得去。那时候定婚讲究门当户对，而大姐丈是做小官的，二姐丈也开过一间酒馆，他们都是相当体面的人。

可是，我，我给家庭带来了不幸：我生下来，母亲晕过去半夜，才睁眼看见她的老儿子——感谢大姐，把我揣在怀中，致未冻死。

一岁半，我把父亲"克"死了。

兄不到十岁，三姐十二、三岁，我才一岁半，全仗母亲独力抚养了。父亲的寡姐跟我们一块儿住，她吸鸦片，她喜摸纸牌，她的脾气极坏。为我们的衣食，母亲要给人家洗衣服，缝补或裁缝衣裳。在我的记忆中，她的手终年是鲜红微肿的。白天，她洗衣服，洗一两大绿瓦盆。她做事永远丝毫也不敷衍，就是屠户们送来的黑如铁的布袜，她也给洗得雪白。晚间，她与三姐抱着一盏油灯，还要缝补衣服，一直到半夜。她终年没有休息，可是在忙碌中她还把院子屋中收拾得清清爽爽。桌椅都是旧的，柜门的铜活久已残缺不全，可是她的手老使破桌面上没有尘土，残破的铜活发着光。院中，父亲遗留下的几盆石榴与夹竹桃，永远会得到应有的浇灌与爱护，年年夏天开许多花。

哥哥似乎没有同我玩耍过。有时候，他去读书；有时候，他去学徒；有时候，他也去卖花生或樱桃之类的小东西。母亲含着泪把他送走，不到两天，又含着泪接他回来。我不明白这都是什么事，而只觉得与他很生疏。与母亲相依为命的是我与三姐。因此，她们做事，我老在后面跟着。她们浇花，我也张罗着取水；她们扫地，我就撮土……从这里，我学得了爱花，爱清洁，守秩序。这些习惯至今还被我保存着。

有客人来，无论手中怎么窘，母亲也要设法弄一点东西去款待。舅父与表哥们往往是自己掏钱买酒肉食，这使她脸上羞得飞红，可是殷勤的给他们温酒作面，又给她一些喜悦。遇上亲友家中有喜丧事，母亲必把大褂洗得干干净净，亲自去贺吊——份礼也许只是两吊小钱。到如今如我的好客的习性，还未全改，尽管生活是这么清苦，因为自幼儿看惯了的事情是不易改掉的。

　　姑母常闹脾气。她单在鸡蛋里找骨头。她是我家中的阎王。直到我入了中学，她才死去，我可是没有看见母亲反抗过。"没受过婆婆的气，还不受大姑子的吗？命当如此！"母亲在非解释一下不足以平服别人的时候，才这样说。是的，命当如此。母亲活到老，穷到老，辛苦到老，全是命当如此。她最会吃亏。给亲友邻居帮忙，她总跑在前面：她会给婴儿洗三——穷朋友们可以因此少花一笔"请姥姥"钱——她会刮痧，她会给孩子们剃头，她会给少妇们绞脸……凡是她能做的，都有求必应。但是吵嘴打架，永远没有她。她宁吃亏，不逗气。当姑母死去的时候，母亲似乎把一世的委屈都哭了出来，一直哭到坟地。不知道哪里来的一位侄子，声称有承继权，母亲便一声不响，教他搬走那些破桌子烂板凳，而且把姑母养的一只肥母鸡也送给他。

　　可是，母亲并不软弱。父亲死在庚子闹"拳"的那一年。联军入城，挨家搜索财物鸡鸭，我们被搜两次。母亲拉着哥哥与三姐坐在墙根，等着"鬼子"进门，街门是开着的。"鬼子"进门，一刺刀先把老黄狗刺死，而后入室搜索。他们走后，母亲把破衣箱搬起，才发现了我。假若箱子不空，我早就被压死了。皇上跑了，丈夫死了，鬼子来了，满城是血光火焰，可是母亲不怕，她要在刺刀下，饥荒中，保护着儿女。

北平有多少变乱啊，有时候兵变了，街市整条地烧起，火团落在我们院中。有时候内战了，城门紧闭，铺店关门，昼夜响着枪炮。这惊恐，这紧张，再加上一家饮食的筹划，儿女安全的顾虑，岂是一个软弱的老寡妇所能受得起的？可是，在这种时候，母亲的心横起来，她不慌不哭，要从无办法中想出办法来。她的泪会往心中落！这点软而硬的个性，也传给了我。我对一切人与事，都取和平的态度，把吃亏看作当然的。但是，在做人上，我有一定的宗旨与基本的法则，什么事都可将就，而不能超过自己划好的界限。我怕见生人，怕办杂事，怕出头露面；但是到了非我去不可的时候，我便不得不去，正像我的母亲。从私塾到小学，到中学，我经历过起码有二十位教师吧，其中有给我很大影响的，也有毫无影响的，但是我的真正的教师，把性格传给我的，是我的母亲。母亲并不识字，她给我的是生命的教育。

当我在小学毕了业的时候，亲友一致地愿意我去学手艺，好帮助母亲。我晓得我应当去找饭吃，以减轻母亲的勤劳困苦。可是，我也愿意升学。我偷偷地考入了师范学校——制服，饭食，书籍，宿处，都由学校供给。只有这样，我才敢对母亲提升学的话。入学，要交十元的保证金。这是一笔巨款！母亲作了半个月的难，把这巨款筹到，而后含泪把我送出门去。她不辞劳苦，只要儿子有出息。当我由师范毕业，而被派为小学校校长，母亲与我都一夜不曾合眼。我只说了句："以后，您可以歇一歇了！"她的回答只有一串串的眼泪。我入学之后，三姐结了婚。母亲对儿女是都一样疼爱的，但是假若她也有点偏爱的话，她应当偏爱三姐，因为自父亲死后，家中一切的事情都是母亲和三姐共同撑持的。三姐是母亲的右手。但是母亲知道这右手必须割去，她不能为自己的便利而耽误了女儿的青春。当花轿来到我们的破门外的时候，母亲的手就和冰一样的凉，脸上没有血色——那是阴历四月，天气很暖。大家都怕她晕过去。可是，她挣扎着，咬着嘴唇，手扶着门框，看花轿徐徐地走去。不久，姑母死了。三姐已出嫁，哥哥不在家，我又住学校，家中只剩母亲自己。她还须自晓至晚地操作，可是终日没人和她说一句话。新年到了，正赶上政府倡用阳历，不许过旧年。除夕，我请了两小时的假。由拥挤不堪的街市回到清炉冷灶的家中。母亲笑了。及至听说我还须回校，她愣住了。半天，她才叹出一口气来。到我该走的时候，她递给我一些花生，"去吧，小子！"街上是那么热闹，我却什么也没看见，泪遮迷了我的眼。今天，泪又遮住了我的眼，又想起当日孤独的过那凄惨的除夕的慈母。可是慈母不会再候盼着我了，她已入了土！

　　儿女的生命是不依顺着父母所设下的轨道一直前进的，所以老人总免不了伤心。我二十三岁，母亲要我结了婚，我不要。我请来三姐给我说情，老母含泪点了头。我爱母亲，但是我给了她最大的打击。时代使我成为逆子。二十七岁，我上了英国。为了自己，我给六十多岁的老母以第二次打击。在她七十大寿的那一天，我还远在异域。那天，据姐姐们后来告诉我，老太太只喝了两口酒，很早的便睡下。她想念她的幼子，而不便说出来。

　　七七抗战后，我由济南逃出来。北平又像庚子那年似的被鬼子占据了，可是母亲日夜惦念的幼子却跑西南来。母亲怎样想念我，我可以想象得到，可是我不能回去。每逢接到家信，我总不敢马上拆看，我怕，怕，怕，怕有那不祥的消息。人，即使活到八九十岁，有母亲便可以多少还有点孩子气。失了慈母便像花插在瓶子里，虽然还有色有香，却失去了根。有母亲的人，心里是安定的。我怕，怕，怕家信中带来不好的消息，告诉我已是失了根的花草。

　　去年一年，我在家信中找不到关于老母的起居情况。我疑虑，害怕。我想象得到，如有不幸，家中念我流亡孤苦，或不忍相告。母亲的生日是在九月，我在八月半写去祝寿的信，算计着会在寿日之前到达。信中嘱咐千万把寿日的详情写来，使我不再疑虑。十二月二十六日，由文化劳军的大会上回来，我接到家信。我不敢拆读。就寝前，我拆开信，母亲已去世一年了！

生命是母亲给我的。我之能长大成人，是母亲的血汗灌养的。我之能成为一个不十分坏的人，是母亲感化的。我的性格，习惯，是母亲传给的。她一世未曾享过一天福，临死还吃的是粗粮。唉！还说什么呢？心痛！心痛！

趵突泉的欣赏

千佛山、大明湖和趵突泉，是济南的三大名胜。现在单讲趵突泉。

在西门外的桥上，便看见一溪活水，清浅，鲜洁，由南向北地流着。这就是由趵突泉流出来的。设若没有这泉，济南定会丢失了一半的美。但是泉的所在地并不是我们理想中的一个美景。这又是个中国人的征服自然的办法，那就是说，凡是自然的恩赐交到中国人手里就会把它弄得丑陋不堪。这块地方已经成了个市场。南门外是一片喊声，几阵臭气，从卖大碗面条与肉包子的棚子里出来，进了门有个小院，差不多是四方的。这里，"一毛钱四块！"和"两毛钱一双！"的喊声，与外面的"吃来"连成一片。一座假山，奇丑；穿过山洞，接连不断的棚子与地摊，东洋布，东洋瓷，东洋玩具，东洋……加劲地表示着中国人怎样热烈地"不"抵制劣货。这里很不易走过去，乡下人一群跟着一群地来，把路塞住。他们没有例外的全买一件东西还三次价，走开又回来摸索四五次。小脚妇女更了不得，你往左躲，她往右扭；你往右躲，她往右扭，反正不许你痛快地过去。

到了池边，北岸上一座神殿，南西东三面全是唱鼓书的茶棚，唱的多半是梨花大鼓，一声"哟"要拉长几分钟，猛听颇像产科医院的病室。除了茶棚还是日货摊子，说点别的吧！

泉太好了。泉池差不多见方，三个泉口偏西，北边便是条小溪流向西门去。看那三个大泉，一年四季，昼夜不停，老那么翻滚。你立定呆呆地看三分钟，你便觉出自然的伟大，使你不敢再正眼去看。永远那么纯洁，永远那么活泼，永远那么鲜明，冒，冒，冒，永不疲乏，永不退缩，只是自然有这样的力量！冬天更好，泉上起了一片热气，白而轻软，在深绿的长的水藻上漂荡着，使你不由得想起一种似乎神秘的境界。

池边还有小泉呢：有的像大鱼吐水，极轻快地上来一串小泡；有的像一串明珠，走到中途又歪下去，真像一串珍珠在水里斜放着；有的半天才上来一个泡，大，扁一点，慢慢地，有姿态地，摇动上来；碎了；看，又来了一个！有的好几串小碎珠一齐挤上来，像一朵攒整齐的珠花，雪白。有的……这比那大泉还更有味。

新近为增加河水的水量，又下了六根铁管，做成六个泉眼，水流得也很旺，但是我还是爱那原来的三个。

看完了泉，再往北走，经过一些货摊，便出了北门。

前年冬天一把大火把泉池南边的棚子都烧了。有机会改造了！造成一个公园，各处安着喷水管！东边做个游泳池！有许多人这样的盼望。可是，席棚又搭好了，渐次改成了木板棚；乡下人只知道趵突泉，把摊子移到"商场"去（就离趵突泉几步）买卖就受损失了；于是"商场"四大皆空，还叫趵突泉做日货销售场；也许有道理。

（原载一九三二年八月《华年》第一卷第十七期）

宗月大师

在我小的时候，我因家贫而身体很弱。我九岁才入学。因家贫体弱，母亲有时候想教我去上学，又怕我受人家的欺侮，更因交不上学费，所以一直到九岁我还不识一个字。说不定，我会一辈子也得不到读书的机会。因为母亲虽然知道读书的重要，可是每月间三四吊钱的学费，实在让她为难。母亲是最喜脸面的人。她迟疑不决，光阴又不等待着任何人，荒来荒去，我也许就长到十多岁了。一个十多岁的贫而不识字的孩子，很自然地去做个小买卖——弄个小筐，卖些花生、煮豌豆，或樱桃什么的。要不然就是去学徒。母亲很爱我，但是假若我能去做学徒，或提篮沿街卖樱桃而每天赚几百钱，她或者就不会坚决地反对。穷困比爱心更有力量。

　　有一天刘大叔偶然地来了。我说"偶然地"，因为他不常来看我们。他是个极富的人，尽管他心中并无贫富之别，可是他的财富使他终日不得闲，几乎没有工夫来看穷朋友。一进门，他看见了我。"孩子几岁了？上学没有？"他问我的母亲。他的声音是那么洪亮，（在酒后，他常以学喊俞振庭的《金钱豹》自傲）他的衣服是那么华丽，他的眼是那么亮，他的脸和手是那么白嫩肥胖，使我感到我大概是犯了什么罪。我们的小屋，破桌凳，土炕，几乎禁不住他的声音的震动。等我母亲回答完，刘大叔马上决定："明天早上我来，带他上学，学钱、书籍，大姐你都不必管！"我的心跳起多高，谁知道上学是怎么一回事呢！

　　第二天，我像一条不体面的小狗似的，随着这位阔人去入学。学校是一家改良私塾，在离我的家有半里多地的一座道士庙里。庙不甚大，而充满了各种气味：一进山门先有一股大烟味，紧跟着便是糖精味，（有一家熬制糖球糖块的作坊）再往里，是厕所味与别的臭味。学校是在大殿里。大殿两旁的小屋住着道士和道士的家眷。大殿里很黑、很冷。神像都用黄布挡着，供桌上摆着孔圣人的牌位。学生都面朝西坐着，一共有三十来人。西墙上有一块黑板——这是"改良"私塾。老师姓李，一位极死板而极有爱心的中年人。刘大叔和李老师"嚷"了一顿，而后教我拜圣人及老师。老师给了我一本《地球韵言》和一本《三字经》。我于是就变成了学生。

自从做了学生以后，我时常地到刘大叔的家中去。他的宅子有两个大院子，院中几十间房屋都是出廊的。院后，还有一座相当大的花园。宅子的左右前后全是他的房屋，若是把那些房子齐齐地排起来，可以占半条大街。此外，他还有几处铺店。每逢我去，他必招呼我吃饭，或给我一些我没有看见过的点心。他绝不以我为一个苦孩子而冷淡我，他是阔大爷，但是他不以富傲人。

在我由私塾转入公立学校去的时候，刘大叔又来帮忙。这时候，他的财产已大半出了手。他是阔大爷，他只懂得花钱，而不知道计算。人们吃他，他甘心教他们吃；人们骗他，他付之一笑。他的财产有一部分是卖掉的，也有一部分是被人骗了去的。他不管；他的笑声照旧是洪亮的。

到我在中学毕业的时候，他已一贫如洗，什么财产也没有了，只剩了那个后花园。不过，在这个时候，假若他肯用用心思，去调整他的产业，他还能有办法教自己丰衣足食，因为他的好多财产是被人家骗了去的。可是，他不肯去请律师。贫与富在他心中是完全一样的。假若在这时候，他要是不再随便花钱，他至少可以保住那座花园和城外的地产。可是，他好善。尽管他自己的儿女受着饥寒，尽管他自己受尽折磨，他还是去办贫儿学校，粥厂，等等慈善事业。他忘了自己。

就是在这个时候，我和他过往得最密。他办贫儿学校，我去做义务教师。他施舍粮米，我去帮忙调查及散放。在我的心里，我很明白：放粮放钱不过只是延长贫民的受苦难的日期，而不足以阻拦住死亡。但是，看刘大叔那么热心，那么真诚，我就顾不得和他辩论，而只好也出点力了。即使我和他辩论，我也不会得胜，人情是往往能战败理智的。

在我出国以前，刘大叔的儿子死了。而后，他的花园也出了手。他入庙为僧，夫人与小姐入庵为尼。由他的性格来说，他似乎势必走入避世学禅的一途。但是由他的生活习惯上来说，大家总以为他不过能念念经，布施布施僧道而已，而绝对不会受戒出家。他居然出了家。在以前，他吃的是山珍海味，穿的是绫罗绸缎。他也嫖也赌。现在，他每日一餐，入秋还穿着件夏布道袍。这样苦修，他的脸上还是红红的，笑声还是洪亮的。对佛学，他有多么深的认识，我不敢说。我却真知道他是个好和尚，他知道一点便去做一点，能做一点便做一点。他的学问也许不高，但是他所知道的都能见诸实行。

出家以后，他不久就做了一座大寺的方丈。可是没有好久就被驱除出来。他是要做真和尚，所以他不惜变卖庙产去救济苦人。庙里不要这种方丈。一般地说，方丈的责任是要扩充庙产，而不是救苦救难的。离开大寺，他到一座没有任何产业的庙里做方丈。他自己既没有钱，他还须天天为僧众们找到斋吃。同时，他还举办粥厂等等慈善事业。他穷，他忙，他每日只进一顿简单的素餐，可是他的笑声还是那么洪亮。他的庙里不应佛事，赶到有人来请，他便领着僧众给人家去唪真经，不要报酬。他整天不在庙里，但是他并没忘了修持；他持戒越来越严，对经义也深有所获。他白天在各处筹钱办事，晚间在小室里做工夫。谁见到这位破和尚也不曾想到他曾是个在金子里长起来的阔大爷。

去年，有一天他正给一位圆寂了的和尚念经，他忽然闭上了眼，就坐化了。火葬后，人们在他的身上发现许多舍利。

没有他，我也许一辈子也不会入学读书。没有他，我也许永远想不起帮助别人有什么乐趣与意义。他是不是真的成了佛？我不知道。但是，我的确相信他的居心与言行是与佛相近似的。我在精神上物质上都受过他的好处，现在我的确愿意他真的成了佛，并且盼望他以佛心引领我向善，正像在三十五年前，他拉着我去入私塾那样！

他是宗月大师。

（原载一九四〇年一月二十三日《华西日报》）

当幽默变成油抹

　　小二小三玩腻了：把落花生的尖端咬开一点，夹住耳唇当坠子，已经不能再做，因为耳坠不晓得是怎回事，全到了他们肚里去；还没有人能把花生吃完再拿它当耳坠！《儿童世界》上的插图也全看完了，没有一张满意的，因为据小二看，画着王家小五是王八的才能算好画，可是插画里没有这么一张。小二和王家小五前天打了一架，什么也不因为，并且一点不是小二的错，一点也不是小五的错；谁的错呢？没人知道。"小三，你当马吧？"小三这时节似乎什么也愿意干，只是不愿意当马。"再不然，咱们学狗打架玩？"小二又出了主意。"也好，可是得真咬耳朵？"小三愿事先问好，以免咬了小二的耳朵而去告诉妈妈。咬了耳朵还怎么再夹上花生当耳坠呢？小二不愿意。唱戏吧？好，唱戏。但是，先看看爸和妈干什么呢。假如爸不在家，正好偷偷地翻翻他那些杂志，有好看的图画可以撕下一两张来；然后再唱戏。

爸和妈都在书房里。爸手里拿着本薄杂志，可是没看；妈手里拿着些毛绳，可是没织；他们全笑呢。小二心里说大人也是好玩呀，不然，爸为什么拿着书不看，妈为什么拿着线不织？

爸说："真幽默，哎呀，真幽默！"爸嘴上的笑纹几乎通到耳根上去。

这几天爸常拿着那么一薄本米色皮的小书喊幽默。

小二小三自然是不懂什么叫幽默，而听成了油抹；可是油抹有什么可笑呢？小三不是为把油抹在袖口上挨过一顿打吗！大人油抹就不挨打而嘻嘻，不公道！

爸念了，一边念一边嘻嘻，眼睛有时候像要落泪，有时候一句还没念完，嘴里便哈哈哈。妈也跟着嘻嘻嘻。念的什么子路——小三听成了紫鹿——又是什么三民主义，而后嘻嘻嘻——一点也不可笑，而爸与妈偏嘻嘻嘻！

决定过去看看那小本是什么。爸不叫他们看："别这儿捣乱，一边儿玩去！"妈也说："玩去，等爸念完再来！"好像这个小薄本比什么都重要似的！也许爸和妈都吃多了；妈常说小孩子吃多了就胡闹，爸与妈也是如此。

念了半天，爸看了看表，然后把小本折好了一页，极小心地放在写字台的抽屉里："晚上再念，得出门了。"

"再念一段！"妈这半天连一针活也没做，还说再念一段呢，真不害羞！小三心里的小手指头直在脸上削，"没羞没臊，当间儿画个黑老道！"

"晚上，晚上！凑巧还许把第十期买来呢！"爸说，还是笑着。

爸爸走了，走到院里还嘻嘻呢；爸是吃多了！

妈拿着活计到里院去了。

小二小三决定要犯犯"不准动爸的书"的戒命。等妈走远了，轻轻地开了抽屉，拿出那本叫爸和妈嘻嘻的宝贝。他们全把大拇指放在嘴里呷着，大气不出地去找那招人笑的小鬼。他们以为书中必是有个小鬼，这个小鬼也许就叫作油抹。人一见油抹就要嘻嘻，或是哈哈。找了半天，一篇一篇全是黑字！有一张画，看不懂是什么，既不是小兔搬家，又不是小狗成亲，简直的什么也不像！这就可乐呀？字和这样的画要是可乐，为什么妈不许我们在墙上写字画图呢？

"咱们还是唱戏去吧？"小三不耐烦了。

"小三，看，这个小盒也在这儿呢，爸不许咱们动，愣偷偷地看看？"小二建议。

已经偷看了书，为什么不再偷看看小盒？就是挨打也是一顿。小三想得很精密。

把小盒轻轻打开，喝，里边一管挨着一管，都是刷牙膏，可是比刷牙膏的管小些细些。小二把小铅盖转了转，挤，咕——挤出滑溜溜的一条小红虫来，哎呀有趣！小三的眼睛得像两个新铜子，又亮又圆。"来，我挤一个！"他另拿了管，咕——挤出条碧绿的小虫来。

一管一管，全挤过了，什么颜色的也有，真好玩！小二拿起盒里的一支小硬笔，往笔上挤了些红膏，要往牙上擦。

"小二，别，万一这是爸的冻疮药呢？"

"不能，冻疮药在妈的抽屉里呢。"

"等等，不是药，也许呀，也许呀——"小三想了半天想不出是什么。

"这么着吧，小三，把小管全挤在桌上，咱们打花脸吧？"

"唱——那天你和爸听什么来着？"小三的戏剧知识只是由小二得来的那些。

"有花脸的那个？嘀咕的嘀咕嘀嘀咕！《黄鹤楼》！"

"就唱《黄鹤楼》吧！你打红脸，我打绿脸。嘀咕嘀——"

"《黄鹤楼》里没有绿脸！"小二觉得小三对扮戏是没发言权的。

"假装的有个绿脸就得了吗！糖挑上的泥人戏出就有绿脸的。"

两个把管里的小虫全挤得越长越好，而后用小硬笔往脸上抹。

"小二，我说这不是牙膏，你瞧，还油亮油亮的呢。喝，抹在脸上有点漆得慌！"

"别说话，你的嘴直动，我怎给你画呀？！"小二给小三的腮上打些紫道，虽然小三是要打绿脸。

正这么打脸，没想到，爸回来了！

"你们俩干什么呢？干什么呢！"

"我们——"小二一慌把小刷子放在小三的头上。

小三，正闭着眼等小二给画眉毛，睁开了眼。

"你们干什么？！"爸是动了气："二十多块一盒的油！"

"对啦，爸，我们这儿油抹呢！"小三直抓腮部，因为油漆得不好受。

"什么油抹呀？"

"不是爸看这本小书的时候，跟妈说，真油抹，爸笑妈也笑吗？"

"这本小书？"爸指着桌上那本说："从此不再看《论语》！"

爸真生了气。一下子坐在椅子上，气哼哼地，不自觉地，从衣袋里掏出一本小书——样子和桌上那本一样。

趁着爸看新买来的小书，小二小三七手八脚把小管全收在盒里，小三从头上揭下小笔，也放进去。

爸又看入了神，嘴角又慢慢往上弯。小二们的《黄鹤楼》是不敢唱了，可也不敢走开，敬候着爸的发落。

爸又嘻嘻了，拍了大腿一下："真幽默！"

小三向小二咬耳朵："爸是假装油抹，咱们才是真油抹呢！"

（原载一九三三年二月十六日《论语》第十一期）

抬头见喜

对于时节，我向来不特别地注意。拿清明说吧，上坟烧纸不必非我去不可，又搭着不常住在家乡，所以每逢看见柳枝发青便晓得快到了清明，或者是已经过去。对重阳也是这样，生平没在九月九登过高，于是重阳和清明一样地没有多大作用。

端阳，中秋，新年，三个大节可不能这么马虎过去。即使我故意躲着它们，账条是不会忘记了我的。也奇怪，一个无名之辈，到了三节会有许多人惦记着，不但来信，送账条，而且要找上门来！

设若故意躲着借款，着急，设计自杀等等，而专讲三节的热闹有趣那一面儿，我似乎是最喜爱中秋。"似乎"，因为我实在不敢说准了。幼年时，中秋是个很可喜的节，要不然我怎么还记得清清楚楚那些"兔儿爷"的样子呢？有"兔儿爷"玩，这个节必是过得十二分有劲。可是从另一方面说，至少有三次喝醉是在中秋，酒入愁肠呀！所以说"似乎"最喜爱中秋。

事真凑巧，这三次"非杨贵妃式"的醉酒我还都记得很清楚。那么，就说上一说呀。第一次是在北平，我正住在翊教寺一家公寓里。好友卢嵩庵从柳泉居运来一坛子"竹叶青"。又约来两位朋友——内中有一位是不会喝的——大家就抄起茶碗来。坛子虽大，架不住茶碗一个劲进攻；月亮还没上来，坛子已空。干什么去呢？打牌玩吧。各拿出铜元百枚，约合大洋七角，因这是古时候的事了。第一把牌将立起来，不晓得——至今还不晓得——我怎么上了床。牌必是没打成，因为我一睁眼已经红日东升了。

第二次是在天津，和朱荫棠在同福楼吃饭，各饮绿茵陈二两。吃完饭，到一家茶肆去品茗。我朝窗坐着，看见了一轮明月，我就吐了。这回绝不是酒的作用，毛病是在月亮。

第三次是在伦敦。那里的秋月是什么样子，我说不上来——也许根本没有月亮其物。中国工人俱乐部里有多人凑热闹，我和沈刚伯也去喝酒。我们俩喝了两瓶葡萄酒。酒是用葡萄还是葡萄叶儿酿的，不可得而知，反正价钱很便宜；我们俩自古至今总没做过财主。喝完，各自回寓所。一上公众汽车，我的脚忽然长了眼睛，专找别人的脚尖去踩。这回可不是月亮的毛病。

对于中秋，大致如此——无论如何也不能说它坏。就此打住。

　　至若端阳，似乎可有可无。粽子，不爱吃。城隍爷现在也不出巡；即使再出巡，大概也没有跟随着走几里路的兴趣。樱桃真是好东西，可惜被黑白桑葚给带累坏了。

　　新年最热闹，也最没劲，我对它老是冷淡的。自从一记事儿起，家中就似乎很穷。爆竹总是听别人放，我们自己是静寂无哗。记得最真的是家中一张《王羲之换鹅》图。每逢除夕，母亲必把它从个神秘的地方找出来，挂在堂屋里。姑母就给说那个故事；到如今还不十分明白这故事到底有什么意思，只觉得"王羲之"三个字倒很响亮好听。后来入学，读了《兰亭序》，我告诉先生，王羲之是在我的家里。

　　长大了些，记得有一年的除夕，是光绪三十年前的一二年，母亲在院中接神，雪已下了一尺多厚。高香烧起，雪片由漆黑的空中落下，落到火光的圈里，非常的白，紧接着飞到火苗的附近，舞出些金光，即行消灭；先下来的灭了，上面又紧跟着下来许多，像一把"太平花"倒放。我还记着这个。我也的确感觉到，那年的神仙一定是真由天上回到世间。

　　中学的时期是最忧郁的，四五个新年中只记得一个，最凄凉的一个。那是头一次改用阳历，旧历的除夕必须回学校去，不准请假。姑母刚死两个多月，她和我们同住了三十年的样子。她有时候很厉害，但大体上说，她很爱我。哥哥当差，不能回来。家中只剩母亲一人。我在四点多钟回到家中，母亲并没有把"王羲之"找出来。吃过晚饭，我不能不告诉母亲了——我还得回校。她愣了半天，没说什么。我慢慢地走出去，她跟着走到街门。摸着袋中的几个铜子，我不知道走了多少时候，才走到学校。路上必是很热闹，可是我并没看见，我似乎失了感觉。到了学校，学监先生正在学监室门口站着。他先问我："回来了？"我行了个礼。他点了点头，笑着叫了我一声："你还回去吧。"这一笑，永远印在我心中。假如我将来死后能入天堂，我必把这一笑带给上帝去看。

我好像没走就又到了家，母亲正对着一支红烛坐着呢。她的泪不轻易落，她又慈善又刚强。见我回来了，她脸上有了笑容，拿出一个细草纸包儿来："给你买的杂拌儿，刚才一忙，也忘了给你。"母子好像有千言万语，只是没精神说。早早地就睡了。母亲也没精神。

中学毕业以后，新年，除了为还债着急，似乎已和我不发生关系。我在哪里，除夕便由我照管着哪里。别人都回家去过年，我老是早早关上门，在床上听着爆竹响。平日我也好吃个嘴儿，到了新年反倒想不起弄点什么吃，连酒不喝。在爆竹稍静了些的时节，我老看见些过去的苦境。可是我既不落泪，也不狂歌，我只静静地躺着。躺着躺着，多咱烛光在壁上幻出一个"抬头见喜"，那就快睡去了。

（原载一九三四年一月《良友》（画报）第四卷第八期）

又是一年芳草绿

悲观有一样好处，它能叫人把事情都看轻了一些。这个可也就是我的坏处，它不起劲，不积极。您看我挺爱笑不是？因为我悲观。悲观，所以我不能板起面孔，大喊："孤——刘备！"我不能这样。一想到这样，我就要把自己笑毛咕了。看着别人吹胡子瞪眼睛，我从脊梁沟上发麻，非笑不可。我笑别人，因为我看不起自己。别人笑我，我觉得应该；说得天好，我不过是脸上平润一点的猴子。我笑别人，往往招人不愿意；不是别人的量小，而是不像我这样稀松，这样悲观。

我打不起精神去积极地干，这是我的大毛病。可是我不懒，凡是我该做的我总想把它做了，总算得点报酬养活自己与家里的人——往好了说，尽我的本分。我的悲观还没到想自杀的程度，不能不找点事做。有朝一日非死不可呢，那只好死喽，我有什么法儿呢？

这样，你瞧，我是无大志的人。我不想当皇上。最乐观的人才敢做皇上，我没这份胆气。

有人说我很幽默，不敢当。我不懂什么是幽默。假如一定问我，我只能说我觉得自己可笑，别人也可笑；我不比别人高，别人也不比我高。谁都有缺欠，谁都有可笑的地方。我跟谁都说得来，可是他得愿意跟我说；他一定说他是圣人，叫我三跪九叩报门而进，我没这个瘾。我不教训别人，也不听别人的教训。幽默，据我这么想，不是嬉皮笑脸，死不要鼻子。

也不是怎股子劲儿，我成了个写家。我的朋友德成粮店的写帐先生也是写家，我跟他同等，并且管他叫二哥。既是个写家，当然得写了。"风格即人"——还是"风格即驴"？——我是怎个人自然写怎样的文章了。于是有人管我叫幽默的写家。我不以这为荣，也不以这为辱。我写我的。卖得出去呢，多得个三块五块的，买什么吃不香呢。卖不出去呢，拉倒，我早知道指着写文章吃饭是不易的事。

稿子寄出去，有时候是肉包子打狗，一去不回头；连个回信也没有。这，咱只好幽默；多咱见着那个骗子再说，见着他，大概我们俩总有一个笑着去见阎王的，不过，这是不很多见的，要不怎么我还没想自杀呢。常见的事是这个，稿子登出去，酬金就睡着了，睡得还是挺香甜。直到我也睡着了，它忽然来了，仿佛故意吓人玩。数目也惊人，它能使我觉得自己不过值一毛五一斤，比猪肉还便宜呢。这个咱也不说什么，国难期间，大家都得受点苦，人家开铺子的也不容易，掌柜的吃肉，给咱点汤喝，就得念佛。是的，我是不能当皇上，焚书坑掌柜的，咱没那个狠心，你看这个劲儿！不过，有人想坑他们呢，我也不便拦着。

这么一来，可就有许多人看不起我。连好朋友都说："伙计，你也硬正着点，说你是为人类而写作，说你是中国的高尔基，你太泄气了！"真的，我是泄气，我看高尔基的胡子可笑。他老人家那股子自卖自夸的劲儿，打死我也学不来。人类要等着我写文章才变体面了，那恐怕太晚了吧？我老觉得文学是有用的；拉长了说，它比任何东西都有用，都高明。可是往眼前说，它不如一尊高射炮，或一锅饭有用。我不能吆喝我的作品是"人类改造丸"，我也不相信把文学杀死便天下太平。我写就是了。

别人的批评呢？批评是有益处的。我爱批评，它多少给我点益处；即使完全不对，不是还让我笑一笑吗？自己写的时候仿佛是蒸馒头呢，热气腾腾，莫名其妙。及至冷眼人一看，一定看出许多错来。我感谢这种指摘。说得不对呢，那是他的错，不干我的事。我永不驳辩，这似乎是胆儿小；可是也许是我的宽宏大量。我不便往自己脸上贴金。一件事总得由两面瞧，是不是？

对于我自己的作品，我不拿她们当作宝贝。是呀，当写作的时候，我是卖了力气，我想往好了写。可是一个人的天才与经验是有限的，谁也不敢保了老写得好，连荷马也有打盹的时候。有的人呢，每一拿笔便想到自己是但丁，是莎士比亚。这没有什么不可以的，天才须有自信的心。我可不敢这样，我的悲观使我看轻自己。我常想客观地估量估量自己的才力；这不易做到，我究竟不能像别人看我看得那样清楚；好吧，既不能十分看清楚了自己，也就不用装蒜，谦虚是必要的，可是装蒜也大可以不必。

对做人，我也是这样。我不希望自己是个完人，也不故意地招人家的骂。该求朋友的呢，就求；该给朋友做的呢，就做。做的好不好，咱们大家凭良心。所以我很和气，见着谁都能扯一套。可是，初次见面的人，我可是不大爱说话；特别是见着女人，我简直张不开口，我怕说错了话。在家里，我倒不十分怕太太，可是对别的女人老觉着恐慌，我不大明白妇女的心理；要是信口开河地说，我不定说出什么来呢，而妇女又爱挑眼。男人也有许多爱挑眼的，所以初次见面，我不大愿开口。我最喜辩论，因为红着脖子粗着筋的太不幽默。我最不喜欢好吹腾的人，可并不拒绝与这样的人谈话；我不爱这样的人，但喜欢听他的吹。最好是听着他吹，吹着吹着连他自己也忘了吹到什么地方去，那才有趣。

可喜的是有好几位生朋友都这么说："没见着阁下的时候，总以为阁下有八十多岁了。敢情阁下并不老。"是的，虽然将奔四十的人，我倒还不老。因为对事轻淡，我心中不大藏着计划，做事也无须耍手段，所以我能笑，爱笑；天真的笑多少显着年轻一些。我悲观，但是不愿老声老气地悲观，那近乎"虎事"。我愿意老年轻轻的，死的时候像朵春花将残似的那样哀而不伤。我就怕什么"权威"咧，"大家"咧，"大师"咧，等等老气横秋的字眼们。我爱小孩，花草，小猫，小狗，小鱼；这些都不"虎事"。偶尔看见个穿小马褂的"小大人"，我能难受半天，特别是那种所谓聪明的孩子，让我难过。比如说，一群小孩都在那儿看变戏法儿，我也在那儿，单会有那么一两个七八岁的小老头说："这都是假的！"这叫我立刻走开，心里堵上一大块。世界确是更"文明"了，小孩也懂事懂得早了，可是我还愿意大家傻一点，特别是小孩。假若小猫刚生下来就会捕鼠，我就不再养猫，虽然它也许是个神猫。

我不大爱说自己，这多少近乎"吹"。人是不容易看清楚自己的。不过，刚过完了年，心中还慌着，叫我写"人生于世"，实在写不出，所以就近地拿自己当材料。万一将来我不得已而做了皇上呢，这篇东西也许成为史料，等着瞧吧。

（原载一九三五年三月六日《益世报》）

我的理想家庭

一个二十多岁的小伙子，讲恋爱，讲革命，讲志愿，似乎天地之间，唯我独尊，简直想不到组织家庭——结婚既是爱的坟墓，家庭根本上是英雄好汉的累赘。及至过了三十，革命成功与否，事情好歹不论，反正领略够了人情世故，壮气就差点事儿了。虽然明知家庭之累，等于投胎为马为牛，可是人生总不过如此，多少也都得经验一番，既不坚持独身，结婚倒也还容易。于是发帖子请客，笑着开驶倒车，苦乐容或相抵，反正至少凑个热闹。到了四十，儿女已有二三，贫也好富也好，自己认头苦曳，对于年轻的朋友已经有好些个事儿说不到一处，而劝告他们老老实实地结婚，好早生儿养女，即是话不投缘的一例。到了这个年纪，设若还有理想，必是理想的家庭。倒退二十年，连这么一想也觉泄气。人生的矛盾可笑即在于此，年轻力壮，力求事事出轨，决不甘为火车；及至中年，心理的，生理的，种种理的什么什么，都使他不但非做火车不可，且做货车焉。把当初与现在一比较，判若两人，足够自己笑半天的！或有例外，实不多见。

明年我就四十了，已具说理想家庭的资格：大不必吹，盖亦自嘲。

我的理想家庭要有七间小平房：一间是客厅，古玩字画全非必要，只要几张很舒服宽松的椅子，一二小桌。一间书房，书籍不少，不管什么头版与古本，而都是我所爱读的。一张书桌，桌面是中国漆的，放上热茶杯不至烫成个圆白印儿。文具不讲究，可是都很好用。桌上老有一两枝鲜花，插在小瓶里。两间卧室，我独据一间，没有臭虫，而有一张极大极软的床。在这个床上，横睡直睡都可以，不论怎睡都一躺下就舒服合适，好像陷在棉花堆里，一点也不硬碰骨头。还有一间，是预备给客人住的。此外是一间厨房，一个厕所，没有下房，因为根本不预备用仆人。家中不要电话，不要播音机，不要留声机，不要麻将牌，不要风扇，不要保险柜。缺乏的东西本来很多，不过这几项是故意不要的，有人白送给我也不要。

院子必须很大。靠墙有几株小果木树。除了一块长方的土地，平坦无草，足够打开太极拳的，其他的地方就都种着花草——没有一种珍贵费事的，只求昌茂多花。屋中至少有一只花猫，院中至少也有一两盆金鱼；小树上悬着小笼，二三绿蝈蝈随意地鸣着。

这就该说到人了。屋子不多，又不要仆人，人口自然不能很多：一妻和一儿一女就正合适。先生管擦地板与玻璃，打扫院子，收拾花木，给鱼换水，给蝈蝈一两块绿黄瓜或几个毛豆；并管上街送信买书等事宜。太太管做饭，女儿任助手——顶好是十二三岁，不准小也不准大，老是十二三岁。儿子顶好是三岁，既会讲话，又胖胖的会淘气。母女于做饭之外，就做点针线，看小弟弟。大件衣服拿到外边去洗，小件的随时自己涮一涮。

既然有这么多工作，自然就没有多少工夫去听戏看电影。不过在过生日的时候，全家就出去玩半天；接一位亲或友的老太太给看家。过生日什么的永远不请客受礼，亲友家送来的红白帖子，就一概扔在字纸篓里，除非那真需要帮助的，才送一些干礼去。到过节过年的时候，吃食从丰，而且可以买一通纸牌，大家打打"索儿胡"，赌铁蚕豆或花生米。

男的没有固定的职业；只是每天写点诗或小说，每千字卖上四五十元钱。女的也没事做，除了家务就读些书。儿女永不上学，由父母教给画图，唱歌，跳舞——乱蹦也算一种舞法——和文字，手工之类。等到他们长大，或者也会仗着绘画或写文章卖一点钱吃饭；不过这是后话，顶好暂且不提。

这一家子人，因为吃得简单干净，而一天到晚又不闲着，所以身体都很不坏。因为身体好，所以没有肝火，大家都不爱闹脾气。除了为小猫上房，金鱼甩子等事着急之外，谁也不急叱白脸的。

大家的相貌也都很体面，不令人望而生厌。衣服可并不讲究，都做得很结实朴素：永远不穿又臭又硬的皮鞋。男的很体面，可不露电影明星气；女的很健美，可不红唇卷毛的鼻子朝着天。孩子们都不卷着舌头说话，淘气而不讨厌。

这个家庭顶好是在北平，其次是成都或青岛，至坏也得在苏州。无论怎样吧，反正必须在中国，因为中国是顶文明顶平安的国家；理想的家庭必在理想的国内也。

（载一九三六年十一月十六日《论语》第一〇〇期）